LA ROSE RETROUVÉE

SERDAR ÖZKAN

LA ROSE RETROUVÉE

PRESSES DU CHÂTELET

Ce livre a été publié sous le titre
Kayip Gül
par Doğan Kitap, 2006.

Traduction : Serge Rivest

www.pressesduchatelet.com

Si vous souhaitez recevoir notre catalogue
et être tenu au courant de nos publications,
envoyez vos nom et adresse, en citant ce livre,
aux Presses du Châtelet,
34, rue des Bourdonnais 75001 Paris.

ISBN 978-2-84592-271-6

À mon père bien-aimé, Oktay Özkan,
qui m'a toujours soutenu dans la poursuite de mes rêves,
et à toutes les roses authentiques…

Ô Rose, tu es malade.
Le ver invisible
Qui vole la nuit,
Dans la furieuse tempête
A trouvé ton lit
D'incarnate allégresse
Et son amour, noir et secret,
Détruit ta vie.

WILLIAM BLAKE

Tu entreras dans un jardin
Tu y voyageras
Tu respireras une fraîche rose
Une rose qui jamais ne se fane.

YUNUS EMRE

Prologue

Éphèse ! Ville de dualité. Site du temple d'Artémis et de la maison sacrée de la Vierge Marie. Éphèse ! Qui incarne à la fois le corps et l'âme. La quintessence de la vanité et de l'humilité. Le symbole de l'esclavage et de la liberté. Éphèse ! La ville, aussi humaine que toute âme qui vive, où les contraires se joignent.

Un soir d'octobre, ils étaient assis au bord du Mélès, non loin de la vieille ville. Le soleil commençait à se retirer derrière le mont Bülbül, empourpré par ses rayons. Ceux qui comprennent le langage du ciel leur avaient communiqué l'heureuse nouvelle d'une pluie prochaine.

— Saint Paul prêche à la foule, dit la jeune femme. Il parle de la Vierge Marie. Tu les entends hurler, protester et le maudire dans leur colère ? Ils sont des milliers à se rebeller contre la nouvelle religion qui leur interdit de vénérer leur déesse. Écoute-les qui trépignent et qui crient : « Nous n'avons rien à faire de Marie ! Artémis est notre déesse ! »

— Artémis ? demanda le jeune homme. La déesse ? La Diane des Romains ?

— Je ne te parle pas de celle-là. Elle n'est qu'un mirage, façonnée et adorée par des étrangers.

— Tu sembles bien la connaître.

— Je la connais comme moi-même.

— Alors, ne peux-tu m'en dire plus à son sujet ?

— Elle est la déesse de la Chasse, commença-t-elle. Une véritable chasseresse dont les flèches procurent à ses ennemis une mort douce et rapide. Libre d'esprit mais asservie, soumise mais fière. C'est appuyée à un olivier que sa mère Léto lui donna naissance ainsi qu'à…

Après une profonde inspiration, elle ajouta :

— Ainsi qu'à son jumeau…

Première partie

1

Deux font une...

Seulement une. Mais oui, bien sûr ! Bien sûr, il n'y a qu'une bouteille.

Non, ce n'est pas vrai... Il y a deux bouteilles.

Peut-être que je vois double, après tout. Il y a peut-être une chance qu'il n'y ait qu'une seule bouteille...

Non. Je ne peux pas être ivre à ce point. Au point de voir double. Il doit vraiment y en avoir deux...

Bon, d'accord. Il y a deux bouteilles. Mais pourquoi y en a-t-il deux ? Pourquoi deux ?

Mon Dieu, elles sont absolument identiques ! La taille, la forme, la couleur... Elles sont exactement pareilles. Voilà, ce sont... ce sont des bouteilles jumelles !

Mais comment est-ce possible ? Comment une bouteille peut-elle tout à coup se dédoubler ? Comment est-ce arrivé ?

Et pourquoi ?

Ce n'est pas juste...

Dans l'une des résidences les plus cossues de la ville, perchée sur une colline dominant la baie, la même scène qui s'était répétée presque tous les soirs depuis un mois venait à nouveau de se produire. La tête enfouie dans les coussins du divan, dans le coin le plus reculé de l'immense salle de séjour, Diane, ses bouteilles sous les yeux, tentait de comprendre comment sa vie avait pu être bouleversée de façon aussi soudaine.

Ce soir-là, comme tous les autres auparavant, les fantômes qu'elle avait réussi à chasser durant le jour s'étaient frayé un chemin dans son esprit et pesaient sur elle comme une tonne de plomb. Son corps était aussi engourdi, ses cheveux châtains aussi ébouriffés et ses yeux verts aussi injectés de sang que les autres soirs. Son regard fatigué errait successivement des deux bouteilles sur la table basse à la photographie de sa mère sur le manteau de la cheminée.

La seule différence, c'était que, ce soir-là, elle avait allumé le foyer avec la ferme intention de brûler les deux lettres. Les flammes, dont le reflet vacillait sur son visage en cette chaude nuit de mai, avaient comme attisé le feu qui la consumait.

Elle vida le contenu de son verre qu'elle laissa tomber sur le parquet. Avant de réunir ses forces pour atteindre la deuxième bouteille, elle posa les yeux un moment sur celle qu'elle venait tout juste de terminer.

« Tu sais, lança-t-elle en s'adressant à la bouteille, tu es exactement comme moi. Même vide, tu restes debout. Quelle arrogance ! » Elle eut un sourire moqueur. « Mais enfin, ne sommes-nous pas des déesses, après tout ? Rien ne peut nous abattre. »

Elle se tourna ensuite vers la seconde bouteille. « Quant à toi, voleuse de mère, maman dit que nous sommes jumelles, mais pour moi tu n'es rien. Rien d'autre qu'un fantôme. »

Elle se dégagea des coussins dans lesquels elle était enfoncée et s'approcha de la table basse. Mais plutôt que d'atteindre la bouteille, sa main tomba sur la lettre de sa mère, juste à côté. La lettre qui, en quelques minutes, avait fait apparaître une seconde bouteille.

Sa mère la lui avait donnée un mois auparavant, la veille de son décès. Elle avait demandé à Diane de l'ouvrir seulement après son départ en lui disant : « C'est mon dernier vœu, ma chérie. Je veux que tu me promettes de le respecter. »

Elle avait demandé à sa mère ce qu'elle attendait d'elle exactement, mais celle-ci n'avait pas répondu à sa question, fixant plutôt ses grands yeux bleus sur elle en attendant patiemment sa promesse. C'était comme si ses yeux n'allaient jamais ciller. Finalement, incapable de soutenir plus longtemps son regard suppliant, Diane avait donné sa parole.

Les yeux de sa mère avaient alors retrouvé leur éclat et son visage, pâli par la maladie, avait repris des couleurs l'espace d'un instant. Elle avait pris la main de Diane dans la sienne et avait dit : « Je savais que je pouvais compter sur toi, ma chérie. Occupe-toi d'elle. Occupe-toi bien d'elle. Elle est unique. »

Se penchant vers sa mère, elle avait demandé : « Qui ? Qui est-ce ? De qui parles-tu, maman ? » Mais sa question était demeurée sans réponse, jusqu'à ce que sa mère quitte ce monde, le lendemain.

Après que Diane eut lu la lettre, le jour suivant, elle avait la sensation que le sol se dérobait sous ses pieds. Tombant lentement à genoux, elle l'avait relue plusieurs fois, sentant ses dernières forces la quitter.

Depuis, peu de choses avaient changé.

Elle la relut une dernière fois avant de la déposer dans les flammes.

Le 2 avril

Ma très chère Diane,

J'espère que tu te portes bien, ma chérie. Il le faut. Tu ne dois jamais croire que tu m'as perdue. Je sais que ce n'est pas facile, mais je te supplie d'essayer...

S'il te plaît, n'oublie pas de temps à autre de me dire comment tu vas. Griffonne des petites choses à mon intention dans ton journal, parle à ma photo, écris-moi des histoires...

Aussitôt que sera fixé le jour de ta remise de diplôme, fais-le-moi savoir. Et, s'il te plaît, ne laisse pas tomber tes promenades nocturnes. Tu continues de suivre tes cours, n'est-ce pas ? As-tu des nouvelles des emplois auxquels tu as postulé ? Surtout, aussitôt que tu te remettras à ces magnifiques histoires que tu écrivais dans le temps, tu ne manqueras pas de me le dire ! Qui sait ? Peut-être que très bientôt tu me feras la joie de m'apprendre que tu as finalement décidé de devenir écrivain.

Vraiment, ma chérie, qu'est-ce qui t'empêche de réaliser ton plus grand rêve ? Mais, comme toujours, je comprends que c'est à toi de choisir. Tout ce que je désire, c'est ton bonheur.

Je te parle de ton bonheur, Diane, mais ce que j'ai à t'écrire te causera sans doute du chagrin. Je te prie de croire que telle n'est pas mon intention. Mais je crains de n'avoir pas le choix. Pardonne-moi...

J'aurais vraiment voulu te confier de vive voix ces choses que je m'apprête à t'écrire. Mais, comme en témoigne ma calligraphie défaillante, je n'ai plus la force de supporter ta réaction face à une telle nouvelle ni de t'en fournir les détails. J'espère seulement que Dieu me permettra d'aller jusqu'au bout de cette lettre.

Je ne sais trop par où commencer.

Et le saurais-je que je ne le pourrais pas. Parce que, pour raconter cette histoire, il me faut retourner vingt-quatre ans dans le passé, alors que tu n'avais qu'un an, au jour où tu as vu ton père pour la dernière fois.

Ma chérie, la vérité est que ton père n'a jamais quitté ce monde. Il nous a plutôt abandonnées, emmenant avec lui ta sœur jumelle, Marie...

Pendant toutes ces années, je t'ai laissé croire qu'il était mort afin de t'épargner la souffrance que j'ai subie et pour que ton enfance ne soit pas meurtrie par cet abandon. Je suis même allée jusqu'à faire ériger cette pierre tombale où, chaque mois, quand nous vivions à New York, tu allais te recueillir en croyant que c'était celle de ton père. Mais, de toute façon, ton père avait cessé d'exister pour nous deux.

Lorsque nous sommes allées vivre à San Francisco, c'est comme si nous avions finalement rompu avec le passé. Je n'ai jamais confié à personne que ton père était vivant ni évoqué d'aucune façon l'existence de Marie. Je savais que ton père, qui nous avait séparées d'elle, ne nous laisserait jamais la revoir. Je suppose qu'il lui a raconté une histoire assez semblable à celle que j'ai inventée pour toi.

Tu dois te demander pourquoi je te parle de tout cela maintenant. C'est une question bien légitime. Laisse-moi t'expliquer...

Informé de ma maladie par un ami commun il y a environ un mois et demi, ton père a sans doute cherché à se déculpabiliser en donnant mon adresse à Marie. Mais je sais qu'il ne lui a rien dit à ton sujet ni à propos de ma fin prochaine.

Depuis, j'ai reçu chaque semaine une lettre de Marie. Quatre en tout. Mais chaque fois sans adresse de retour. Elle y écrivait qu'elle espérait passer me voir bientôt. Il y a deux semaines, cependant, elle m'a fait parvenir cette note :

« Maman, je ne peux plus supporter ton absence. Sans toi, la vie n'a aucun sens. Je vais me tuer... Marie, le 23 mars. »

Pour autant que j'en puisse juger par ses lettres, ta sœur me paraissait tellement pleine d'énergie que je ne peux pas croire qu'elle ait écrit une chose pareille. Et je ne peux comprendre non plus pourquoi elle n'a pas pris la peine de venir me voir puisque, après tout, elle connaissait mon adresse.

Et, comme si ce n'était pas assez, ton père a téléphoné hier. Pour la première fois en vingt-quatre ans. Dès que j'ai perçu le son de sa voix, j'ai deviné qu'il s'inquiétait pour Marie. De fait, ses premiers mots ont été : « Tu as des nouvelles de Marie ? » Puis, il m'a expliqué qu'elle avait disparu deux semaines auparavant, laissant une missive d'adieu qu'il m'a télécopiée hier et que je joins à cette lettre. Il dit l'avoir cherchée partout, en avoir parlé à tous ses amis, sans résultat.

Diane, mon enfant, il me reste si peu de temps qu'il n'y a plus rien que je puisse faire désormais. J'ai si peur... Tu es mon seul espoir. Je n'ai d'autre choix que de te demander de retrouver ta sœur jumelle et de t'occuper d'elle.

Je suis tellement désolée d'ajouter à ta peine en t'imposant un si lourd fardeau. Mais, ce qui me chagrine encore plus, c'est de laisser derrière moi une fille qui a vécu toute sa vie dans l'espoir de rencontrer sa mère.

Je sais que tu m'aimes et que tu feras tout ce qu'il faut pour respecter mon dernier vœu. Mais je sais que Marie ne sera pas facile à retrouver. Personne n'a idée où elle peut être. Le seul espoir qui s'offre à nous se trouve dans cet univers extraordinaire qu'elle a créé et dont elle m'a entrouvert la porte dans ses lettres. Elle est vraiment unique. Elle habite un monde mystérieux, un univers secret issu d'un conte de fées, mais par ailleurs tellement réel. Je suis certaine qu'elle ne l'a partagé avec personne, ni même avec son père ou ses amis les plus proches. Voilà pourquoi nous avons plus de chances que quiconque de la retrouver.

Je veux que tu pénètres dans le monde de Marie et que tu suives ses traces. Après tout, qui d'autre pourrait mieux le faire que sa jumelle identique ?

Les seuls indices dont nous disposons sont deux prénoms, Zeynep et Socrate, ainsi que le nom d'un palais. Je doute que ce soit suffisant pour la retrouver. Mais c'est tout ce dont nous disposons.

Les lettres de Marie sont dans le vieux coffre. Tu trouveras la clé dans ma boîte à bijoux.

J'espère de tout mon cœur que ta sœur et toi serez réunies, exactement comme vous l'avez un jour été dans mon sein.

Et lorsque cela arrivera, je te prie de m'écrire…

Diane, ma chérie, ce n'est pas le moment de nous dire adieu. Il n'existe pas de tels moments. N'oublie jamais que je serai toujours auprès de toi. Et que je t'aime tellement.

Maman

2

Diane déplia la lettre d'adieu que Marie avait écrite à son père. À son tour maintenant de s'envoler en fumée.

Le 17 mars

Cher papa,

Je quitte la maison aujourd'hui.

Tu dois sûrement te demander pourquoi...

Hier, après tant d'années, j'ai relu Le Petit Prince *de Saint-Exupéry. Ce n'est plus du tout le même livre ! La seule chose qui n'a pas changé, c'est que la rose demeure mon personnage préféré. Et le renard, bien sûr, parce que c'est celui qui montre au Petit Prince comment devenir responsable de sa rose.*

Je crois que je commence enfin à comprendre ce que signifie « être responsable d'une rose ». Et c'est la raison pour laquelle je m'en vais.

À la fin du livre, Saint-Exupéry nous demande si, oui ou non, le mouton a mangé la rose. Il dit que la réponse à cette question change tout.

Ainsi je me pose une question semblable :

Est-ce que, oui ou non, les Autres ont volé ma rose ?

Saint-Exupéry avait raison : la réponse à cette question change tout. Mais je sais qu'aucune grande personne ne comprendra jamais pourquoi.

Je m'en vais parce que la réponse est « oui ».

Je m'en vais récupérer ma rose...

Marie

Diane se tourna de nouveau vers les bouteilles. « Dites-moi, bouteilles ! s'écria-t-elle. Pouvez-vous m'expliquer ce que tout cela peut bien vouloir dire ? Est-ce que ça ne vous semble pas dément ? S'éclipser après avoir lu un livre ? Disparaître pour une rose ? Mais qu'est-ce que ça veut dire ? Récupérer sa rose, être responsable d'une rose... Non. Non, je ne veux rien savoir de cette rose du *Petit Prince* ni de quoi elle peut bien être le symbole. Ni de ce qu'elle signifie pour cette fille. Je n'en ai vraiment rien à cirer. La seule chose qui m'intéresse, c'est de savoir pourquoi c'est moi qui souffre à cause d'une inconnue qui a décidé de lever les voiles et qui a voulu s'ôter la vie. »

Elle s'interrompit, furieuse de se confier à des bouteilles qu'elle avait méprisées quelques instants auparavant. Mais qui d'autre pouvait écouter ce qu'elle avait à dire ?

« Comme maman avait raison, murmura Diane. Elle a dit que Marie était unique... Bien sûr qu'elle est unique. La façon dont elle m'a volé ma mère est vraiment unique. »

Après un moment de silence, elle chiffonna la lettre et la jeta au feu. « Pardon, maman », soupira-t-elle en jetant un regard vide sur le papier qui se consumait lentement.

3

Diane fut réveillée en sursaut par la sonnerie de la porte d'entrée qui, malgré son mélodieux carillon, lui transperça le crâne comme un poignard.

— Madame Lopez ! Madame Lopez ! Répondez !

N'obtenant pas de réponse, elle se rappela que Mme Lopez était en congé. Prenant appui sur le divan, elle se leva péniblement et, tenant à peine sur ses pieds, se traîna jusqu'à la porte.

Sur l'écran de la caméra de sécurité, elle reconnut l'importun. Ce n'était autre que Gabriel, le coursier qui lui livrait régulièrement toutes sortes de colis enrubannés, de fleurs et autres cadeaux.

Lorsqu'elle ouvrit la porte, elle aperçut Gabriel tenant dans ses mains un autre de ces colis joliment ficelés, dont le sommet lui touchait presque le menton. Son visage basané, son uniforme et sa casquette marron s'harmonisaient parfaitement avec la couleur du paquet.

— Bonjour, mademoiselle, lança Gabriel. Un autre présent pour la plus belle fille de San Francisco. Est-ce que par hasard cette personne demeurerait ici ?

— N'est-il pas un peu tôt pour livrer des colis, Gabriel ?

— Alors, je suppose que c'est la bonne adresse. Mais peut-être n'est-ce pas le bon moment ?

— Quelle heure est-il ?

— Il est déjà midi.

— Il est vraiment si tard ?

Diane prit le paquet et inscrivit sur le bulletin de livraison un gribouillage qui ressemblait à n'importe quelle signature sauf à la sienne. Avant même que Gabriel ait eu le temps de formuler sa phrase habituelle, « Portez-vous bien jusqu'à ce que vos admirateurs nous réunissent à nouveau », elle avait déjà fermé la porte.

En général, la seule vue d'un paquet-cadeau joliment enveloppé suffisait à la rendre heureuse pour le reste de la journée. Mais, cette fois-ci, elle n'était pas intéressée le moins du monde à savoir ce qu'il contenait ni d'où il provenait. Elle l'abandonna sur le plancher et retourna sur le divan.

Comme elle passait devant le miroir du vestibule, elle remarqua que son chemisier était taché de vin. Une fois de plus, cela lui rappela sa mère. Les choses les plus banales, même celles qui n'avaient aucun rapport avec sa mère, la replongeaient dans des moments qu'elle avait vécus avec elle. Une couleur, une odeur, un mot, et maintenant ce vêtement taché... Le souvenir du jour où elle avait acheté ce chemisier et de la conversation qu'elles avaient eue cette fois-là resurgit, frais à sa mémoire comme s'il datait de la veille.

Pour Diane, ça n'avait été qu'un jour comme les autres, passé à courir les magasins. À la boutique, elle avait d'abord hésité : avait-elle réellement besoin d'un nouveau chemisier ? Elle avait déjà suffisamment dépensé d'argent ce jour-là. Mais, en fin de compte, elle avait fini par jeter son dévolu sur un chemisier jaune.

Lorsqu'elle le montra à sa mère, elle ne chercha même pas à dissimuler l'étiquette du prix qui indiquait quatre cents dollars.

Après avoir jeté un coup d'œil à l'étiquette, sa mère demanda :

— Ma chérie, tu as lu cet article dans les journaux d'hier à propos des enchères à Paris ?

— Non, maman. Pourquoi ?

— Un gilet ayant appartenu à Descartes a été adjugé pour vingt-cinq mille dollars.

— Oh ! Vraiment ? Mais, comme tu vois, ce chemisier est plus chic qu'un gilet de Descartes, ne crois-tu pas ?

— Mais vingt-cinq mille dollars, Diane. Tu te rends compte ?

— Bon, d'accord. Je vois où tu veux en venir. Tu essaies de me dire que, quatre cents dollars, ce n'est pas si cher payé pour un chemisier comme celui-ci. N'est-ce pas, maman chérie ?

Diane savait très bien que ce n'était pas ce que sa mère avait en tête. Mais elle voulait mettre son charme à profit pour lui faire avaler la pilule en douceur et pouvoir accrocher tranquillement son chemisier dans sa penderie avec tous les autres.

— Tu as raison sur un point, ma chérie. Ce chemisier est certainement plus chic que le gilet de Descartes, qui n'était ni en soie ni en cachemire et ne venait pas de chez Donna Karan ou Armani. En fait, la boutique n'en aurait pas demandé plus de cinq dollars.

— Le prix de l'enchère est quand même raisonnable, maman. C'est un gilet qui a été porté par Descartes !

— C'est vrai. Le fait d'avoir été porté par Descartes confère sûrement de la valeur à un vêtement. Mais pourrais-tu imaginer l'inverse ?

— Que veux-tu dire ?

— Qu'un vêtement puisse accroître la valeur d'une personne...

Diane inclina la tête un moment. Elle venait de comprendre ce que sa mère, dans son style inimitable, essayait à nouveau de lui dire. « Tout ce dont tu as besoin pour être unique, c'est d'être toi-même. »

— Je comprends ce que tu veux dire, maman. Mais les gens s'attendent à ce que je porte ce qu'il y a de mieux. Dès qu'ils me voient, ils me toisent des pieds à la tête et, seulement après, me disent bonjour. Si je porte les mêmes vêtements deux jours de suite, ils me regardent comme si j'étais une extraterrestre. Tu crois que ça me plaît d'être jugée sur mon apparence ? Ou de voir la flagornerie dans les yeux des gens ? Ils chuchotent à propos de mes vêtements signés, de ma Cartier, de ma Maserati, de ceci ou de cela... Non, maman. Je déteste ça. Mais tu sais très bien que tout le monde s'attend toujours à ce que je respire la perfection.

— Et tu crois que tu dois absolument répondre à leurs attentes, ma chérie ? C'est ce que tu veux dire ?

— Et qu'est-ce que je devrais faire ? Je ne vis pas dans la jungle. Admets-le, maman, ajouta-t-elle avec un sourire ironique. Diane Stewart est devenue une marque commerciale. Comment pourrais-je décevoir mon public, cette armée d'admirateurs qui m'accablent constamment du poids de leur vénération ?

Depuis cinq mois, cependant, au moment où le médecin avait prononcé son verdict, beaucoup de choses avaient changé dans la vie de Diane.

« Nous allons perdre ta mère », avait-il asséné.

4

La cuisine et son placard plein de médicaments semblaient si loin maintenant. Chaque jour, l'appartement devenait plus grand. La distance du salon à la cuisine, puis de la cuisine à la chambre à coucher et de la chambre à la salle de bains s'étirait constamment. Depuis un mois, elle n'était pas descendue à la piscine de l'immeuble ni montée à l'étage où se trouvaient la terrasse et l'atelier de peinture. Elle n'avait donc plus aucune idée maintenant de la distance qui la séparait de ces parties du duplex. Et, à vrai dire, elle n'en avait que faire.

Lorsqu'elle eut finalement atteint la cuisine, elle se versa un verre d'eau et le but d'un trait. Puis elle en prit un autre. Et un troisième, avec cette fois deux aspirines.

Elle retourna à la salle de séjour. Comme elle se dirigeait de nouveau vers le canapé, son portable bourdonna. Une, deux, trois fois. Au bout de quatre sonneries, elle se décida à répondre.

« Bon anniversaire ! Bon anniversaire ! Bon... », hurla la voix d'un jeune homme au bout du fil.

Elle interrompit aussitôt la communication et jeta le téléphone sur la table.

Était-ce vrai ? Était-ce vraiment son anniversaire ? Il avait fallu qu'elle l'apprenne de quelqu'un d'autre...

Autrefois, elle comptait les jours qui la séparaient de cette date et planifiait soigneusement la fête, dressant une liste de participants par ordre d'importance.

Le premier nom de la liste était toujours celui de sa mère.

C'était le premier anniversaire qu'elle passerait sans elle. Le premier de tout le reste de ses anniversaires...

Ses yeux s'emplirent de larmes.

Elle se rendit à son bureau, ouvrant plusieurs tiroirs avant de finalement trouver son journal. Assise par terre, elle l'ouvrit et commença à écrire.

Maman chérie,

Tu avais dit que tu serais toujours avec moi... Si c'est vrai, alors pourquoi me manques-tu autant ?

Je viens tout juste d'apprendre que c'est aujourd'hui mon anniversaire...

Oh ! maman ! Où es-tu ?

Pardonne-moi d'avoir mis tant de temps à te répondre. C'est la première fois que j'ouvre mon journal depuis que tu es partie...

Non, je ne t'en veux pas à cause de ta lettre. J'ai peut-être été un tout petit peu en colère au début. Désespérée aussi... Mais ça n'a pas duré longtemps.

Je suis certaine que tu avais de bonnes raisons de me cacher la vérité.

Je suis désolée, maman, mais je ne suis pas partie à la recherche de cette fille. Je ne lui pardonnerai jamais de t'avoir fait vivre tes derniers jours dans l'inquiétude et la peur. Je n'ai même pas lu ses lettres, tu te rends compte ? Elle est peut-être morte depuis longtemps... Pardonne-moi...

Tu sais ce qui me blesse le plus, maman ? De n'avoir pas tenu la promesse que je t'avais faite. Cela me donne l'impression d'être si loin de toi. Le moindre objet te rappelle à mon souvenir, mais c'est seulement pour me rendre plus malheureuse encore... C'est comme si ta mémoire ne pouvait pas m'apporter la paix... Si seulement cette fille ne s'était pas manifestée, je n'en serais pas là.

L'homme dont tu m'as parlé dans ta lettre ne m'intéresse pas non plus. Je suis certaine que tu avais aussi de bonnes raisons de croire qu'il avait cessé d'exister pour nous deux.

Quoi qu'il en soit... Pour répondre à tes questions...

Aujourd'hui, c'est la fin de l'année scolaire. Je vais terminer parmi les trois meilleurs de ma classe. La remise des diplômes est à 17 heures, le 19 mai. Tu ne peux pas savoir à quel point je voudrais que tu y sois...

Pour être tout à fait franche, il y a un moment que je ne fais plus de promenade nocturne. Mais ne t'en fais pas. Je m'y remettrai dès que je me sentirai moins fatiguée.

Quant à mes recherches d'emploi... La semaine dernière, deux prestigieux cabinets d'avocats m'ont offert un poste. Ils réclament une réponse d'ici à la fin du mois, mais je n'ai pas encore décidé quelle offre j'allais accepter.

Je sais, tu vas me dire de les décliner toutes les deux et de devenir plutôt écrivain. C'est aussi ce que je souhaiterais, maman. Mais tu sais aussi bien que moi que tu es la seule personne au monde qui aime mes histoires. Personne d'autre n'y trouve de l'intérêt.

De toute façon, si j'ai un jour rêvé d'écrire, c'est à cause de ces merveilleuses histoires que tu me racontais. Elles donnaient un sens à ma vie. Mais voilà, tu n'es plus là. Et tes histoires non plus. Tu ne peux plus m'en raconter d'autres et, si j'écrivais un livre, tu ne pourrais jamais le lire. Et tu ne pourrais jamais dire : « Oh Diane, mais c'était magnifique ! »

Voilà, maman, je crois bien que c'est tout. Je voulais que tu saches, d'une manière ou d'une autre, que je vais bien.

Les yeux de Diane restèrent fixés un moment sur son journal. Elle avait écrit ces mots en ayant l'impression, rien qu'un moment, que sa mère attendait des nouvelles d'elle. Mais c'était ridicule ! Les morts ne lisent pas de lettres et ne peuvent pas savoir si leur fille va bien.

Elle ferma son journal et se dirigea vers le cadre en argent que sa mère avait confectionné de ses mains pour son anniversaire. Un mois avant son départ, elle lui avait présenté ce cadre orné de roses noires en lui disant : « Bon anniversaire, ma chérie. » Prenant alors conscience de tout le poids du non-dit, Diane s'était retenue de mentionner qu'il restait encore deux mois avant son anniversaire.

Elle caressa les quatre roses noires qui ornaient le souvenir le plus précieux qui lui restait de sa mère, lisant à voix haute le poème qui y était inscrit :

Ce n'est pas ce que tu crois
Tu ne m'as pas perdue
Je te parle à travers toute chose
En chaque souvenir…

Une larme roula sur sa joue. « Non, maman, ce n'est pas ce que *tu* crois, soupira-t-elle. Je t'ai perdue. Et tu ne me parles pas. »

5

Diane s'accroupit près du paquet et l'ouvrit, dans l'espoir qu'il puisse venir de sa mère. Elle n'en revenait pas que même cet envoi ne lui ait pas rappelé son anniversaire.

Elle y trouva une bouteille de champagne, une pièce de cristal en forme de cœur, une carte d'anniversaire et une lettre d'amour anonyme. Avant qu'elle ait eu le temps de se lever et de les jeter aux ordures, la sonnette d'entrée résonna de nouveau. Décidément, il n'y aurait pas moyen d'être tranquille aujourd'hui.

Sur l'écran, elle reconnut ses visiteurs inopinés, qui n'étaient autres que ses grandes amies, Isabelle et Andréa. Les seules choses qui comptaient aux yeux de ces amies « intimes » étaient la façon dont elle se coiffait, les vêtements qu'elle portait et sa cote d'amour dans les cercles qu'elle fréquentait. Mais elles n'avaient jamais pris la peine de s'enquérir de sa véritable nature.

Cependant, Diane savait aussi que c'était par le regard d'amies comme Isabelle et Andréa qu'elle se sentait admirée, qu'elle se sentait unique, qu'elle était devenue la seule Diane qui puisse exister.

En raison de cette dette de reconnaissance – et à cause du fait qu'elles étaient déjà sur le palier –, elle se retint de leur fermer la porte au nez, de leur dire de revenir plus tard ou de leur crier à travers la porte qu'elle ne voulait voir personne.

Elle ouvrit.

« Joyeux anniversaire, joyeux anniversaire, joyeux anniversaire chère déesse, joyeux anniversaire ! »

Son apparence débraillée coupa court à leurs effusions.

— Mais qu'est-ce qui t'arrive, Di ? s'écria Isabelle.

— Combien de fois t'ai-je dit de ne pas mélanger les alcools ? ajouta Andréa.

Puis, pensant peut-être que le faible éclairage du vestibule brouillait sa vue, elle entraîna rapidement Isabelle vers l'escalier menant à la terrasse, tout en multipliant les questions.

— N'y a-t-il pas une fête ce soir, Di ? Comment se fait-il qu'on ne t'ait pas vue à l'école ? Quels sont tes projets ?

Sur la terrasse, Isabelle fit glisser un doigt sur l'un des meubles en bois de teck.

— Alors, mademoiselle Stewart ! Même si la ville entière est à vos pieds, cette poussière accumulée témoigne que vous n'avez que faire du spectacle... N'ai-je pas raison, Andréa ?

— Tout à fait !

— Alors, Di, continua Isabelle, tu n'as pas répondu à la question d'Andréa. Quels sont tes projets pour ce soir ?

— Je n'en ai pas.

— Quoi ? !

— Jamais je ne voudrais vous décevoir, vous le savez. Mais je me suis couchée très tard hier et j'ai la tête qui éclate. Alors…

— Mais c'est ton anniversaire !

— Je n'ai vraiment pas le goût de…

Isabelle jeta un regard sévère à Diane.

— Mais qu'est-ce qui t'arrive ? C'est toi qui rassemblais tout le monde et maintenant on ne te voit plus. Bien sûr, tu traverses un moment difficile, nous comprenons cela. Mais crois-tu que c'est en t'enfermant ici que tu t'en sortiras ? Est-ce cela que ta mère aurait voulu ? Ressaisis-toi ! Tu es forte !

— Non.

— Non, quoi ?

— Je suis faible.

— À d'autres ! Tu as un bel avenir devant toi. Tu as des buts, des rêves. Mais si tu continues à te morfondre ainsi, tu ne pourras jamais…

— Quels rêves ?

— Ne rêves-tu pas de devenir une grande avocate ?

Poussant un soupir, elle posa son regard sur Isabelle puis sur Andréa. *Elles ne comprennent rien*, pensa-t-elle.

— Je n'ai jamais rêvé de devenir avocate, Isabelle.

— Ah non ?

— La seule chose dont j'ai toujours rêvé, c'est de devenir écrivain.

— Ah ! d'accord, ce rêve-là ! s'écria Isabelle.

— Allons, dit Andréa. Il faut voir la réalité en face. Nous ne sommes plus des enfants. Quand j'étais gamine, je voulais devenir chanteuse. Puis j'ai grandi et, tu sais quoi ? Je me suis rendu compte que je chantais comme une casserole.

Ni l'expression débonnaire sur le visage d'Andréa ni l'humilité qui se dégageait de ses propos ne suffirent à masquer ses véritables intentions.

— Ne t'en fais pas, Andréa. Je sais déjà que j'écris comme une casserole.

— Ce n'est pas ce que je voulais dire, je…

— On n'a pas le temps de discuter, les filles, la coupa Isabelle. Et pour ce soir ?

Ni Diane ni Andréa ne répondirent.

— Di, nous devons vraiment y aller maintenant. Nous devons essayer les habits pour la remise des diplômes. Mais nous passerons te prendre vers 20 heures. Sois prête, comme ça nous ne perdrons pas de temps. Si on t'emmenait à l'Olympia, puis chez Da Mario ? Et après chez Pulana, si tu veux. Quelques coups de téléphone et toute la bande sera là. Qu'est-ce que tu dis de ça ?

— J'en suis, cria Andréa.

— Merci à vous deux d'être venues, répondit Diane. Mais, ce soir, je préfère rester seule.

6

Isabelle et Andréa parties, Diane demeura un moment sur la terrasse, songeant à quel point ses amies la connaissaient peu. Leur amitié remontait à plusieurs années. Elles avaient bien ri et avaient passé du bon temps ensemble. Elles avaient partagé tant de choses... Pourquoi ne connaissaient-elles rien d'elle et de ses rêves ? Et, après tout, comment auraient-elles pu savoir une chose qu'elle venait tout juste de leur confier ?

Elle songea à la question que sa mère lui avait posée : « Vraiment, ma chérie, qu'est-ce qui t'empêche de réaliser ton plus grand rêve ? »

Eût-elle mille vies à vivre, elle savait que, dans chacune d'elles, elle n'aurait pas voulu être autre chose qu'écrivain. Elle avait choisi le droit uniquement parce que, dans son cercle, on n'aurait pas supporté l'idée qu'elle devienne une auteure médiocre...

Pour commencer, les gens de son entourage auraient été d'avis qu'elle gaspillait son talent. Bien sûr, ils auraient dissimulé poliment le fond de leur pensée en lui répétant à quel point elle avait choisi un métier intéressant et passionnant. Mais il y aurait toujours eu une vague désapprobation et un mépris larvé derrière la façade, et elle aurait bientôt fait les frais de toutes sortes de ragots. Les gens se seraient confié à la dérobée les derniers potins sur l'héritière du plus prestigieux hôtel de San Francisco, « la pauvre Diane Stewart », qui incarna un jour la jeunesse de toute la ville, admirée de chacun, mais qui n'est finalement devenue qu'une romancière que personne ne lit. Ceux qui, à un certain moment, auraient tout donné pour être à sa place, n'auraient plus éprouvé pour elle que de la pitié en songeant qu'elle avait raté sa vie...

Diane n'avait jamais confié à personne que c'était uniquement par crainte de voir se réaliser un tel scénario qu'elle avait choisi une carrière que son entourage approuverait. Si ses amis ne connaissaient pas vraiment ses sentiments à cet égard, c'était peut-être sa faute, au fond. Avait-elle seulement essayé de leur confier ses espoirs et ses ambitions ? Bien sûr qu'elle l'avait fait.

Mais, toutes les fois que c'était arrivé, ils l'avaient jugée. Comme s'ils savaient mieux qu'elle ce qui lui convenait, ils la submergeaient de conseils sur ce qu'elle devrait faire, penser et même ressentir. Ils n'avaient jamais essayé de la comprendre.

Comment allait-elle s'en sortir, seule dans le monde et sans personne qui la comprenne ?

Pour s'aérer l'esprit, Diane décida d'aller marcher dans le parc, comme elle le faisait toujours lorsque sa mère était là.

7

Il n'y avait pas trop de monde dans le parc. S'approchant le plus possible de la mer, Diane déambula le long de la plage.

Combien de fois sa mère et elle avaient-elles marché ici ensemble ? Combien de fois ? Que ne donnerait-elle pas pour une dernière promenade avec elle...

Juste une...

Perdue dans ses souvenirs, elle marcha pendant encore un quart d'heure, jusqu'à la marina, avant de retourner en direction de l'appartement.

En général, elle coupait à travers le parc, surtout parce qu'elle aimait bien la faune bigarrée qu'elle y rencontrait : des gens aux cheveux teints de toutes les couleurs de l'arc-en-ciel, avec des pièces de métal insérées dans les parties les plus inattendues de leur corps ; des gens dont la peau n'offrait plus le moindre espace ouvert pour y dessiner un autre tatouage...

Comme d'habitude, le sentier était peuplé de vendeurs de babioles, de tatoueurs, de musiciens ambulants et de clochards.

Comme elle passait justement près d'un groupe de clochards, Diane entendit quelqu'un crier d'une voix forte :

— Hé ! Petite dame !

N'étant pas certaine que la voix s'adressât à elle, elle jeta un regard alentour mais n'aperçut personne.

Elle avait souvent vu un homme aux cheveux gris bouclés, assis en tailleur devant une petite natte de paille, exactement à cet endroit. Il était différent des autres mendiants. Ses petits yeux noirs fouillaient constamment la foule, comme à la recherche de quelque chose ou de quelqu'un, mais il ne harcelait jamais les passants. Ce qui le rendait aussi différent, c'était le petit écriteau planté sur le coin de sa natte élimée et sur lequel on pouvait lire : « Bonne aventure : 4 $. »

Diane eut de la peine à cacher sa surprise. Elle était passée près de lui peut-être une centaine de fois auparavant et jamais il ne l'avait interpellée.

— C'est à moi que vous parlez ? fit-elle en se pointant du doigt.

— Tu la cherches ?

— Que voulez-vous dire ?

— Elle.

— Qui, elle ?

— Sais pas. Comment je pourrais savoir ?

— Quoi ?!

— Elle, je te dis.

Elle secoua la tête. Inutile de poursuivre cette conversation étrange et dénuée de sens. Peut-être le vieux cherchait-il quelqu'un à qui faire une bonne blague ou faisait-il simplement l'essai d'une nouvelle façon d'attirer l'attention d'un client potentiel. Quelle que soit la raison, c'était suffisant pour la décider à quitter le secteur au plus vite.

Elle s'apprêtait à poursuivre sa route comme si de rien n'était lorsque le clochard l'interpella de nouveau.

— Écoute-moi, petite dame. Je suis prêt à te dire l'avenir pour rien. Viens, avec un peu de chance, je vais pouvoir te dire où elle se trouve.

— Je ne sais pas de quoi vous parlez et je ne veux pas le savoir !

En un clin d'œil, il jeta alors quelque chose qui ressemblait à de la cendre dans un verre d'eau en face de lui et commença à scruter intensément le liquide qui virait au gris. Puis il s'écria :

— Ah, ça par exemple ! Qu'est-ce que je vois ? Mais c'est qu'elle te ressemble ! C'est ton portrait tout craché !

Diane se figea.

— Qui me ressemble ? demanda-t-elle en avalant sa salive avec difficulté.

— C'est beaucoup mieux comme ça, petite dame. Viens t'asseoir, maintenant.

Comme un automate, Diane obéit.

Le clochard remua l'eau avec son index avant d'en effleurer le visage de Diane. Sans attendre sa réaction, il dit :

— Que tu la cherches ou non, elle te ressemble comme une goutte d'eau ressemble à une autre goutte d'eau. Même âge, même taille, mêmes sourcils, mêmes yeux.

Diane sentit un frisson lui parcourir le corps. Elle n'avait aucune idée de ce qu'elle devait dire ou faire. Mais il devait bien y avoir une explication à cette mise en scène. La bonne aventure n'existe pas, pas plus que la chiromancie. Il n'y avait aucune chance que cet homme pût parler de Marie.

Pour se convaincre qu'il n'était qu'un charlatan, elle demanda :

— Alors, où est-elle ?

— Pas bien loin d'ici.

— Où exactement ? demanda-t-elle de nouveau en élevant la voix.

Le mendiant lui prit le bras et versa au creux de sa main un peu de l'eau souillée qu'il examina longuement. Puis il dit :

— Elle est venue de loin et elle va y retourner. Mais elle va revenir.

Enfin, il leva la tête et son regard se fixa de l'autre côté du sentier. Diane se tourna pour voir ce qu'il regardait.

À environ vingt mètres se tenait un peintre qui les observait. Lorsqu'il s'aperçut qu'elle l'avait remarqué, il retourna à son chevalet. Diane jeta un regard interrogateur au clochard.

— Cette fille qui te ressemble tant, dit-il, sa route va croiser, un jour, celle de cet homme.

Elle se leva. Ç'avait été une erreur de s'arrêter ici. Il était clair qu'elle avait fait les frais d'un canular. Elle aurait dû s'en rendre compte dès le début, quand elle avait perçu cet air narquois sur son visage ridé.

Comme elle quittait les lieux d'un pas pressé, le clochard lui lança :

— Ouvre les lettres et lis ce qui est écrit !

Ouvre et lis ! Elle sentit ces mots la pénétrer comme autant de flèches assassines.

Était-ce une autre coïncidence ? Pouvait-il vraiment faire allusion aux lettres de Marie qu'elle n'avait jamais ouvertes et encore moins lues ? Les pensées se bousculaient dans sa tête, mais cette fois elle poursuivit son chemin sans se retourner.

Elle souhaitait rentrer à la maison sans tarder et oublier cet épisode, mais, en passant devant le jeune peintre, elle ralentit le pas malgré elle. Comme il se tenait devant son chevalet, elle examina ce jeune homme mal fagoté, cherchant à comprendre le sens des paroles du mendiant.

Probablement plus âgé qu'elle de quelques années, il était grand, costaud, bronzé avec des cheveux bruns en désordre. Il portait un vieux tee-shirt marron et un jean troué aux genoux. Ses sandales étaient trop poussiéreuses pour qu'on pût en deviner la couleur.

Ses toiles exposées pour la vente étaient appuyées à la rambarde entourant un palmier situé tout près. Elles étaient toutes des variations sur le même thème : le ciel, la mer et une mouette. Une étiquette portant la mention « 75 $ » était attachée à chaque tableau. Les toiles avaient quelque chose d'engageant.

Le peintre, probablement conscient de ce regard qui se promenait de sa personne à ses toiles, posa ses grands yeux noisette sur elle.

— Puis-je vous aider ?

— Oh ! je ne fais que regarder !

— Mais pouvez-vous voir ?

— Je vous demande pardon ?

— Aimez-vous mes toiles ?

— J'aime votre choix de couleurs.

Il ne répondit pas.

Diane, qui se serait attendue au moins à un mot de reconnaissance pour son compliment, lança simplement : « Bien. Alors, au revoir. »

Le peintre la salua brièvement d'un signe de la main et, sans même attendre son départ, s'absorba de nouveau dans son travail.

Diane n'était pas du genre à se formaliser des manières d'un peintre ambulant. En tout cas, pas ce jour-là. Mais, tout en marchant d'un pas régulier, elle ne put s'empêcher de penser combien son comportement avait été fruste et à quel point cet individu était peu sympathique.

8

Un vague filet de fumée autour de la lampe et une légère odeur de roussi. Voilà tout ce qui restait du papillon qu'elle avait aperçu dans la chambre. Contemplant la mince volute de fumée, Diane se demanda ce qui avait bien pu pousser le papillon à se jeter ainsi sur l'ampoule brûlante.

Il avait sans doute obéi à une envie dévorante de passer de l'ombre à la lumière. L'urgence avec laquelle il s'y était précipité avait dû être inspirée par une sorte de rébellion contre l'obscurité qui l'enveloppait. Une rébellion contre le doute. Il avait choisi de se fondre dans la lumière plutôt que de passer toute une vie dans le noir absolu.

En lisant les lettres de Marie, Diane n'obéirait-elle pas aux mêmes réflexes ? Serait-ce une façon de fuir les ténèbres dans lesquelles elle s'était enfermée en ignorant le dernier vœu de sa mère ? Et s'il en était ainsi, en s'extrayant de l'ombre, du doute et de l'infidélité, ne courait-elle pas le risque de se détruire, tout comme ce papillon ?

Diane ne savait plus que penser. Elle ne savait plus pourquoi elle était dans le noir, comment elle en était arrivée là ni à qui il fallait en imputer la faute... À elle-même, parce qu'elle n'avait pas respecté le vœu de sa mère ? À sa mère, qui avait placé un si lourd fardeau sur ses épaules ? Ou à son père, qui avait scindé la famille en deux ? Peut-être fallait-il faire porter le blâme sur Marie, qui avait envoyé à sa mère cette note suintante d'égoïsme. Ou encore à Dieu qui lui avait ravi sa mère. Peut-être le monde entier était-il à blâmer. Ou personne...

Elle n'avait pas de réponse. Pourtant, elle sentait très bien que la maîtrise de sa vie lui avait depuis longtemps échappé. Comme si des événements hors de son contrôle décidaient de ses pensées, de ses sentiments et de ses actes ; comme si les décisions qui concernaient sa vie étaient prises ailleurs, dans un domaine inconnu, et exécutées à son insu.

Était-ce le destin ?

Si tel était le cas, ces mots étranges, prononcés par un clochard qui ne lui avait jamais adressé la parole auparavant, faisaient-ils aussi partie de ce destin ? Si elle se levait à cette minute, qu'elle ouvrait les lettres de Marie et les lisait, serait-ce le fruit de son libre arbitre ? Ou obéirait-elle simplement à une autre injonction du destin qui l'entraînait vers l'inconnu ? Peut-être le libre arbitre et le destin étaient-ils la même chose. Comment savoir ?

Il y avait une chose qu'elle savait toutefois : elle éprouvait du respect pour ce papillon.

Elle se leva. Prenant la clé dans la boîte à bijoux, elle se rendit dans la chambre où se trouvait le vieux coffre. Elle l'ouvrit et trouva les lettres de Marie enveloppées dans un linge. La liasse dans les mains, elle retourna à la salle de séjour.

Assise sur le plancher, le dos appuyé contre un fauteuil, elle défit le linge et y trouva quatre grandes enveloppes et une plus petite, toutes de couleur différente. Dans la plus petite se trouvait le dernier billet de Marie à sa mère. Les plus grandes enveloppes avaient toutes été numérotées de la main de sa mère selon leur ordre de réception.

Les enveloppes étaient respectivement de couleur rouge, verte, blanche et argent. Elle remarqua que les trois premières avaient été postées de New York, alors que la quatrième – la plus petite – portait le cachet de la poste de San Francisco.

Ainsi, Marie était venue à San Francisco ! Elle se rappela soudain les paroles du vieux clochard. « Elle est venue de loin, avait-il dit. Elle n'est pas très loin d'ici. »

Si Marie était venue à San Francisco, pourquoi n'était-elle pas allée voir leur mère ? Se pouvait-il qu'elle soit encore ici ? Vivait-elle à New York ?

Comme ces interrogations se bousculaient dans sa tête, elle remarqua que l'enveloppe couleur argent était vide. La question de savoir où pouvait bien se trouver cette lettre ne fit qu'ajouter à sa confusion.

Espérant trouver des réponses, elle parcourut rapidement les lettres. Puis elle prit la première et commença à la lire attentivement.

Lettre numéro 1 : « S'opposer aux Autres. »

Le 14 février

Maman chérie,

Dehors, la foudre déchire le ciel et le tonnerre gronde. Cela me rappelle ces nuits où je me recroquevillais dans mon lit, tremblante de peur, cherchant un refuge dans le sein d'une mère.

Alors que ton absence est sur le point d'avoir encore une fois raison de moi, mon père m'avoue que tu es vivante ! Me tendant ton adresse, il m'autorise à t'écrire.

Alors, l'orage devient aussitôt mon ami. Les éclairs deviennent des instantanés qui témoignent de mon bonheur. « Enfin, me dis-je. Enfin, je vais retrouver ma mère ! »

C'est incroyable mais vrai. Ma quête, entreprise il y a si longtemps, est sur le point de connaître un dénouement heureux. Dans exactement un mois, je te verrai de mes yeux.

L'idée de te rencontrer après toutes ces années me remplit d'un bonheur indescriptible. Malgré tout, ce bonheur est imparfait parce que tu ne me connais pas vraiment.

Récemment, j'ai entrepris d'écrire un roman qui te permettrait de mieux me connaître. La trame est fondée sur ce que j'ai éprouvé tout au long de cette quête. Oh ! maman, si tu savais tout ce que j'ai traversé pendant cette épopée sans fin ! Je me suis opposée aux autres. J'ai franchi un océan et j'ai même parlé à une rose.

Je voudrais te transmettre une copie de mon roman, mais il n'est pas encore terminé. J'aimerais quand même en partager les grandes lignes avec toi. Pour t'en donner un aperçu, j'ai décidé de t'envoyer chaque semaine une lettre qui aborderait l'une des étapes de ma quête.

J'ai appelé ces étapes l'Objection, la Voie et l'Anéantissement. La dernière phase, la Renaissance, débutera aussitôt que nous serons réunies.

Je commence par l'étape de l'Objection.

J'étais bien jeune lorsque je me suis demandé pour la première fois : « Pourquoi n'ai-je pas de mère ? »

J'avais beau retourner la question dans tous les sens, je ne pouvais jamais trouver la réponse.

Pourtant, si la question se posait, il devait bien y avoir une réponse. Et puisque cette question me concernait, la réponse devait nécessairement se trouver au fond de moi. Évidemment, j'étais trop jeune pour l'exprimer ainsi ; mais je me souviens très bien qu'à l'époque c'est ce que mon cœur me disait.

« Ne demande pas : "Pourquoi n'ai-je pas de mère ?", me disait mon cœur. La vraie question est : "Où est ma mère ?" Pose-la à quelqu'un qui sait.

Quelqu'un qui sait... Quelqu'un qui sait... Quelqu'un qui a accès à la connaissance... Mon père !

— Papa, où est ma mère ?

Après un moment de silence, il m'a dit :

— Ta mère est auprès de Dieu, mon enfant.

Cela était sûrement la vérité. Tu méritais ce qu'il y avait de mieux.

— Où est Dieu ? demandai-je ensuite. Mon père me regarda comme si je venais de poser la question la plus étrange du monde. Il répondit alors :

— Je n'en ai aucune idée.

Espérant peut-être que les autres sauraient où tu te trouvais, je leur ai posé la question :

— Savez-vous où est ma mère ?

— Ta mère n'existe plus, m'ont-ils répondu.

— Qu'est-ce que cela veut dire ?

— Elle est décédée. Elle n'est plus de ce monde.

Comment était-ce possible ? Comment cela, « plus de ce monde » ? Comment pouvaient-ils évoquer ton absence, alors que je sentais si intensément ta présence ? De nouveau, mon cœur me parla : « Si tu sens la présence de ta mère, c'est qu'elle existe. »

Je suis retournée voir les autres et je leur ai dit :

— Ma mère est vivante.

Ils m'ont alors offert une réponse différente :

— Ta mère est loin d'ici.

Cela non plus ne m'a pas convaincue, car au contraire je te sentais très proche de moi.

Ils ont donc trouvé une autre réponse :

— Tu ne pourras voir ta mère que dans l'autre monde.

Cette réponse ne me satisfaisait pas non plus. Il fallait qu'il y ait autre chose.

« Je partirai donc à la recherche de Dieu », me dis-je. Je demandai alors aux autres s'ils savaient où Il était. Si je parvenais à le savoir, alors je saurais du même coup où te trouver. Mais je me suis rapidement aperçue que les perspectives des *gens à propos de Dieu étaient une source de grande confusion. Certains affirmaient qu'Il n'existait pas, d'autres qu'Il était dans un lieu inconnu, d'autres encore disaient : « Dieu est très proche de toi, mais tu ne pourras le rencontrer que dans l'autre monde. »*

Il fallait donc, de nouveau, qu'il y ait une autre réponse quelque part ! Mais, à tout le moins, celles que j'avais obtenues m'indiquaient que j'étais sur la bonne voie. Car les réponses offertes par les autres à des questions comme « Où est Dieu ? » et « Où est ma mère ? » avaient ceci de commun qu'elles prouvaient toutes que tu étais proche de Dieu. En fait, j'en suis venue récemment à comprendre que les phases de ma quête de toi ne différaient pas tellement de celles de ma quête de Dieu.

Quoi qu'il en soit... À mesure que le temps passait, constatant que mon être était tout entier tourné vers toi, les autres ont tenté de m'en détourner. Alors ils m'ont proposé toutes sortes de jouets et de babioles qui m'ont divertie pendant un temps, mais dont je me suis rapidement lassée. Puis ils m'en ont proposé de nouveaux, plus attrayants, plus coûteux, plus amusants...

Si on renouvelle constamment mes jouets, me mis-je à penser, alors on m'en offrira de plus beaux chaque fois, et ainsi mon divertissement sera assuré jusqu'à la fin de mes jours. Mais je savais bien que tel n'était pas mon but. Tout ce que je désirais, c'était d'avoir ma mère à mes côtés !

Car quel jouet pouvait combler ton absence ? Et si tu étais près de moi, quel est celui dont la privation aurait pu jeter une ombre sur mon bonheur ?

J'ai donc facilement échappé à leur piège, mais, rapidement, ma quête fut de nouveau interrompue.

À mesure que les années passaient, les autres m'accordaient une attention croissante. Hélas ! Ils m'admiraient beaucoup. Je dis « hélas ! », parce que je me rendis compte assez tôt que leur admiration – que j'appelais de mes vœux – avait mis un terme à la poursuite de mon plus grand rêve, qui était de te retrouver.

Je sentais que si je continuais de leur poser des questions à ton sujet, ils se détourneraient de moi. Voilà pourquoi j'ai abandonné ma quête, préférant plutôt me complaire dans l'éclat lumineux de leurs sourires.

Les autres ne cessaient de faire pleuvoir sur moi des flots d'éloges et d'adoration. C'étaient des flèches empoisonnées, comme j'allais bientôt le découvrir. « Tu es si différente. Tu ne ressembles à personne », ne cessaient-ils de répéter. Ainsi le doux venin de leurs flèches contaminait mon sang.

Bien sûr, il m'arrivait parfois de douter de leurs paroles. « Suis-je vraiment différente ? », me demandais-je souvent. Mais puisque c'étaient les autres qui me l'avaient laissé croire, je n'étais pas en mesure de formuler une réponse personnelle à cette question. C'était comme si le miroir de mon âme s'était brisé et que je ne pouvais plus me voir que dans le reflet de leurs mots.

Je recherchais constamment leur compagnie, de manière à ce que, toutes les fois que je leur demandais « suis-je vraiment différente ? », je pusse entendre leur invariable réponse : « Mais bien sûr que tu l'es. Personne au monde ne te ressemble ! »

Je ne me lassais jamais de poser la même question et d'obtenir toujours la même réponse. Comme l'eau salée aiguise la soif de celui qui la boit, leurs flatteries ne faisaient qu'accroître mon besoin de les entendre.

Il y a pire. Pour continuer de compter sur leur approbation, je me suis sentie obligée de répondre à leurs attentes. Bientôt, je pris conscience que je vivais la vie que les autres avaient choisie pour moi et non pas celle dont j'avais toujours rêvé.

Une fois de plus, mon cœur me parla : « Tu n'es pas heureuse. »

C'était la vérité. J'étais si désillusionnée de moi-même que je ne tirais plus aucun plaisir de l'admiration des autres. Ce fut ma détresse qui me redonna la force nécessaire de reprendre ma quête.

— Où est ma mère ? leur demandai-je à nouveau.

Ils me resservirent les mêmes réponses.

— Ta mère n'existe plus. Elle est loin d'ici. Tu ne pourras la voir que dans l'autre monde.

— Non ! dis-je. Ce n'est pas ce que vous croyez.

— C'est ce qu'on nous a dit.

— Et si c'était faux ?

— Tu n'as qu'à regarder autour de toi. Ni Dieu ni ta mère ne sont visibles. Si tu devais les rencontrer dans ce monde, il te serait facile de les voir.

— Si je ne me servais que de mes yeux pour voir, je serais perdue dans votre royaume d'aveugles.

— Félicitations ! On dirait que tu es devenue une grande fille.

— Non, je suis petite, répondis-je. Et je le serai toujours !

Cependant, cette objection ne suffisait pas à me mener vers toi. Il me fallait trouver une voie. La deuxième étape de ma quête débuta lorsqu'en rêve tu m'indiquas la voie qui devait me conduire à toi. Tu me dis où je pourrais trouver Quelqu'un-qui-sait. Beaucoup plus tard, dans le monde réel, cette personne me prendrait par la main et m'accompagnerait sur cette route que tu m'avais montrée, jusqu'à ce que toi et moi soyons réunies dans ce monde et non dans l'autre.

J'espère pouvoir te raconter ce rêve dans ma prochaine lettre.

Avec tout mon amour…

Marie

9

Vêtue du tailleur de soie vert que sa mère avait toujours aimé lui voir porter, Diane marchait sur l'herbe à grandes enjambées en direction de la tombe. Comme elle s'en approchait, elle aperçut une silhouette à la longue chevelure proche de la pierre tombale. Elle ne pouvait s'être trompée d'endroit, c'était la seule tombe située sous un immense platane. C'était une journée comme les autres, alors qui pouvait bien se trouver là de si bon matin ?

Se pouvait-il que ce soit elle ?

Elle hésita à poursuivre plus avant et observa pendant un moment la visiteuse importune.

« De quoi as-tu peur ? », se reprocha-t-elle avant de reprendre sa marche vers la sépulture. Son cœur battait la chamade. Quelques pas de plus, et elle suffoquerait. Pourtant, elle continua. Bien qu'elle ne fût qu'à quelques pas du monument la personne qui se recueillait ne s'était toujours pas retournée.

Comme elle se rapprochait, Diane aperçut son visage et fut soulagée de constater qu'il s'agissait de Mme Johnson, la compagne de voyage de sa mère.

Elle l'avait vue la dernière fois aux funérailles. Même si elle avait été l'une des meilleures amies de sa mère, elle n'avait pas souvent eu l'occasion de la rencontrer, puisque Mme Johnson vivait à New York.

Diane lui toucha doucement l'épaule.

— Heureuse de vous voir, madame Johnson.

— Oh ! Diane ! Comment vas-tu ? dit-elle en l'embrassant. Est-ce que ça va ? Je t'ai appelée si souvent sans jamais pouvoir te joindre. J'ai laissé un message à la réceptionniste de l'immeuble. Elle m'a dit que tu allais bien, mais…

— Je suis désolée de n'avoir pu vous rappeler, madame Johnson. Je vais mieux maintenant.

Elle désigna d'un signe de tête les roses jaunes que Mme Johnson avait apportées pour sa mère.

— Elles sont magnifiques !

Mme Johnson acquiesça.

— Diane, j'ai un rendez-vous à l'heure du déjeuner et je dois rentrer cet après-midi. Mais si tu voulais, tu pourrais venir à New York avec moi.

— Merci beaucoup, madame Johnson, mais j'ai des engagements ici.

— Comme tu veux, ma chérie. N'oublie pas que nous t'accueillerons toujours avec plaisir… Mais sois franche. Est-ce que tu vas vraiment bien ?

L'expression de Diane lui répondit en silence :

— Comment voulez-vous que j'aille ?

— Diane, je sais que c'est superflu, mais permets-moi quand même de te le dire : ta mère a toujours été fière de toi.

— Je n'étais vraiment pas prête. Tout est arrivé si vite. Il y a cinq mois, tout était au mieux. Même pendant sa maladie, maman n'a jamais donné l'impression qu'il ne lui restait que quelques semaines à vivre. Elle n'a jamais perdu cette lueur qu'elle avait toujours dans les yeux. Pas une seule fois elle n'a demandé : « Pourquoi moi ? »

Les yeux de Diane se remplirent de larmes.

— Mais je ne peux pas réagir comme elle. Je ne peux pas l'accepter. Chaque matin, au réveil, je me pose la même question : « Pourquoi elle ? Pourquoi ma mère ? » Elle était plus qu'une mère, madame Johnson. Elle était un soleil qui illuminait tout autour d'elle.

— C'est bien ce qu'elle était, répondit Mme Johnson.

— Mais je ne me suis jamais approchée de cette lumière. Je n'ai jamais tenté d'être touchée par ses rayons ; je les fuyais plutôt comme une chauve-souris. Puis, juste au moment où les choses auraient pu changer, elle est partie.

— Changer ?

— Dernièrememt, j'avais acquis le sentiment que, pour être heureuse, il me fallait voir la vie avec les yeux de ma mère. Il me fallait la découvrir, lui ressembler. Il me fallait percer le mystère qui se cachait derrière son regard, ses paroles, sa façon d'être... Il y avait un trésor caché au fond d'elle-même et je n'ai jamais pu y accéder.

Un souvenir surgit tout à coup, qui ramena un sourire sur ses lèvres.

— Parfois… Parfois, je la taquinais. Je lui disais : « Allons, maman. Si tu crois que moi aussi je possède un trésor, donne-moi la clé. » Alors elle me montrait ses mains vides et disait : « Je ne l'ai pas. Personne ne la possède sauf toi. »

Diane poussa un long soupir.

— Il me faut cette clé, madame Johnson. Il me la faut. Je veux ressembler à ma mère. Je veux être digne d'elle, tout au moins. Vous savez ce que je ressens parfois ? J'aurais souhaité qu'elle ne me laisse pas suivre ma propre voie ou qu'elle ne me permette pas de commettre mes propres erreurs. J'aurais voulu qu'elle ne m'accepte pas comme je suis, qu'elle tente de me modeler à son image, comme le font les autres mères. Je voulais être la fille de ma mère, madame Johnson. Vraiment.

Comme elle éclatait en sanglots, Mme Johnson serra Diane dans ses bras.

— Mais Diane, tu *es* la fille de ta mère. Tu lui ressembles tellement ! Je n'ai jamais connu une fille qui ressemble autant à sa mère. N'en doute jamais. Je n'ai peut-être pas passé beaucoup de temps avec toi. Tu as peut-être l'impression que je veux simplement te consoler. Mais, crois-moi, je te connais très bien. Ta mère, qui te connaissait mieux que tu ne te connais toi-même, m'en a tellement appris sur toi.

Diane cessa de pleurer.

— Qu'est-ce que ma mère vous a dit à mon sujet ?

— L'an dernier, quand nous sommes allées à Alexandrie, elle m'a tellement parlé de toi. Elle m'a raconté à quel point tu te sentais inachevée, insatisfaite de toi-même et comment tu devenais chaque jour plus malheureuse.

— C'est vrai, admit Diane en baissant la tête. Il y a environ un an que j'ai commencé à me sentir ainsi. Et moi qui croyais réussir à garder ces sentiments pour moi ! Je ne voulais pas inquiéter ma mère. Je n'avais vraiment aucune raison d'être malheureuse. Mais j'imagine que, comme toujours, elle a lu en moi. Je me demande pourquoi elle ne m'en a rien dit. Dieu sait à quel point elle devait se sentir triste pour moi.

— Triste ? Je ne crois pas. Ses yeux brillaient lorsqu'elle m'en parlait.

— Brillaient ?

— Oui. Elle semblait enchantée. Elle a même dit : « Je constate que ma fille est plus que jamais mûre pour les Pluies d'octobre. » En fait, elle songeait à t'inviter à te joindre à nous lors de notre prochain voyage.

— Les Pluies d'octobre ? Ce voyage que vous faisiez chaque automne ? Cette mystérieuse expédition...

Mme Johnson acquiesça.

— Cela m'a toujours intriguée. Chaque fois, je voulais vous accompagner, mais maman ne me l'a jamais permis. Et lorsque vous étiez de retour, dès que je lui en parlais, tout ce qu'elle acceptait d'en dire était : « Nous étions à l'écoute et nous avons senti un souffle nouveau nous envahir. »

Diane tourna des yeux implorants vers Mme Johnson.

— Au début, ce n'était pour moi qu'un objet de curiosité. Toutefois, il y a quelques années, j'ai commencé à me douter que ces voyages avaient une signification beaucoup plus profonde, comme s'ils étaient la source de cette aura qui émanait de ma mère. Il m'a semblé que je la connaîtrais mieux si j'en savais plus à ce sujet. Et vous êtes la seule qui puisse m'en dire davantage. Je vous en prie, dites-moi ce que vous avez fait à Alexandrie. Et à Athènes, à Jérusalem, à Fez, à Surabaya...

Les yeux de Mme Johnson fuyaient ceux de Diane. Elle semblait regretter d'avoir abordé le sujet.

— J'ai toujours admiré la façon merveilleuse dont ta mère s'exprimait. Elle a décrit ces voyages de la façon la plus magnifique qui soit : nous étions à l'écoute et nous sentions un souffle nouveau nous habiter.

Diane savait qu'il était inutile d'insister.

— Je vois... Alors, permettez-moi de vous poser une autre question.

— J'espère qu'elle ne sera pas aussi ardue que la première, rétorqua Mme Johnson en souriant.

— Où est ma mère, madame Johnson ? Où est-elle ? Je veux savoir ce qui lui est arrivé. Et je suis certaine que vous avez une meilleure réponse que moi à cette question.

Après un moment de silence, elle dit :

— Tu te souviens, Diane ? À l'époque où j'ai connu ta mère, tu posais sans cesse la même question. Tu demandais où était ton père. Et ta mère te donnait toujours la même réponse : « Ton père est auprès de Dieu, mon enfant. »

Dès qu'elle entendit ces paroles, elle comprit que la question qu'elle venait de poser à Mme Johnson était exactement la même que celle que Marie avait répétée pendant toutes ces années. Comme elle n'était pas certaine que Mme Johnson connût la vérité au sujet de son père, elle se retint de lui parler de Marie.

— On console un enfant qui a perdu sa mère en lui disant qu'elle est avec Dieu. Mais je ne suis pas une enfant, madame Johnson. Vous pouvez me dire la vérité. Je vous en prie. Ma mère n'existe plus, n'est-ce pas ?

— On n'a pas toujours tort de consoler ainsi les enfants, Diane. Qu'importe où ta mère était avant de mourir, c'est là qu'elle est maintenant : avec Dieu.

Diane baissa les yeux.

Mme Johnson lui prit la main.

— Je vais te laisser un moment d'intimité avec ta mère. Mais n'oublie pas : nous aurons toujours une place pour toi à la maison.

Diane la serra dans ses bras.

— Merci, madame Johnson. Je viendrai vous voir aussitôt que possible. Bon retour.

10

Lorsque Mme Johnson fut hors de portée de voix, Diane s'assit au pied de la stèle. Elle joignit les mains sur sa poitrine et pria un moment en silence. Même si elle ne croyait pas que sa mère pût l'entendre, elle désirait quand même lui parler.

« Maman, tu as entendu ce que Mme Johnson vient de dire ? Je te ressemble plus qu'aucune autre fille n'a jamais ressemblé à sa mère. Elle est tellement gentille ! Mais j'imagine qu'il y a certaines choses qu'elle ignore... La nuit dernière, j'ai parcouru les lettres de Marie, puis je les ai de nouveau rangées. Même s'il est peut-être trop tard, j'ai songé à tenir la promesse que je t'ai faite. Mais j'en suis incapable, maman. Ne me demande pas pourquoi, c'est simplement impossible. Quelque chose m'intrigue, toutefois. Je me demande ce que tu as pensé en lisant ces lettres. Nous avons toutes les deux pensé la même chose, n'est-ce pas ? Que Marie souffre d'une maladie mentale ? Je sais, tu m'as dit qu'elle était unique. Mais c'était seulement pour que je ne refuse pas de partir à sa recherche, n'est-ce pas ? J'aimerais vraiment savoir ce que tu entendais par “unique”. En ce qui me concerne, ce mot signifie “un et un seul”, qu’il n’existe rien de pareil au monde. Mais tu ne l’as pas employé dans ce sens-là, dis-moi ? Tu ne voulais pas dire que Marie est plus digne que moi d’être ta fille, n’est-ce pas ? Cela n’a pas de sens, de toute façon. Marie n’est pas saine d’esprit. Tu as lu sa troisième lettre ? Comment elle entendait la rose respirer, le vent souffler à travers sa chambre, comment elle voyait la lumière se répandre partout… Et cette conversation avec la rose ? ! Si ce ne sont pas là des manifestations de psychose, je me demande bien ce que c’est. Ce ne sont rien d’autre que des hallucinations. Il faut me croire, maman, j’ai quand même étudié la psychologie. Quoi qu’il en soit, ce qu’elle dit dans sa première lettre, tout ce qu’elle prétend avoir fait quand elle était enfant suffit à démontrer qu’elle n’est pas normale. Est-ce qu’une enfant de cet âge peut avoir une telle perception de la vie ? Et le rêve qu’elle décrit dans sa deuxième lettre ? Apparemment, dans ce rêve, tu lui demandes d’aller dans un jardin, d’y rencontrer quelqu’un et d’y parler avec une certaine rose. Et, plusieurs années plus tard, là voilà qui part et qui fait exactement ce que tu lui as demandé. Elle trouve la personne que tu lui as indiquée et, bien plus, elle apprend d’elle comment s’adresser aux roses. Non, mais ! De toute façon, maman, ne t’en fais pas pour Marie. La vie est sans doute plus facile quand on est un peu détraqué. Ne t’en fais pas pour moi non plus. Parce que je suis saine d’esprit, je souffre peut-être plus ;

je suis peut-être incapable de me convaincre que je ne t'ai pas perdue. Je ne peux m'empêcher de croire que tu n'existes plus… Mais je n'en deviendrai pas folle pour autant. Je ne chercherai pas à maquiller la vérité et je n'essaierai pas de me créer un monde hors de la réalité. Je suis une grande fille et je le serai toujours ! »

Diane se leva. « Un jour, ajouta-t-elle, je viendrai à bout de toute cette peine et je réussirai à devenir ta fille. »

11

De retour du cimetière, Diane passa le restant de la journée au lit. Bien qu'elle eût mille choses à faire – passer à la banque, préparer la remise des diplômes, se rendre à d'autres entretiens d'embauche –, elle décida de remettre ces tâches à plus tard.

Elle n'avait envie de rien, mais l'inactivité ne faisait qu'élargir le vide qu'elle sentait au fond d'elle-même. Finalement, elle décida d'aller marcher le long de la plage pour respirer quelques bouffées d'air frais.

Le parc était plus fréquenté que la veille, mais elle trouva un coin retiré où elle put s'asseoir et observer les enfants qui lançaient des morceaux de pain aux mouettes. Après une brève promenade, elle s'installa sur un autre banc pour contempler le soleil glisser lentement dans la mer.

Elle prit de nouveau le raccourci habituel pour rentrer à la maison, espérant y croiser le vieux clochard. Peut-être pourrait-il lui offrir quelque indice sur ses paraboles de la veille.

Comme elle s'approchait du lieu de leur conversation, elle s'aperçut qu'il scrutait les environs de la même façon que la veille. S'arrêtant devant lui, elle le fixa droit dans les yeux. À son grand étonnement, il ne la remarqua même pas. Tournant la tête de tous côtés, il observait les autres passants comme si la femme qui se tenait devant lui n'était pas celle à qui il s'était adressé la veille.

— Bonjour. Vous ne voulez pas me dire la bonne aventure aujourd'hui ?

Le clochard semblait n'avoir aucune idée de ce dont elle parlait.

— On se connaît ?

— Vous ne vous souvenez pas ? C'est moi.

— Je sais que c'est vous. Mais… qui êtes-vous ?

Diane, convaincue désormais qu'il se moquait d'elle, tourna les talons et s'éloigna.

Un peu plus loin, elle remarqua le peintre. Il portait le même vieux tee-shirt et le même jean, peignant comme la veille. Ses toiles étaient assez similaires à celles de la veille, si ce n'était une plus forte masse d'écume issue des vagues qui se brisaient.

— Vous semblez plus en forme qu'hier, lança-t-il.

« Quel accès de politesse », pensa Diane, songeant par ailleurs à la piètre allure qu'elle avait affichée la veille.

— Alors, mes toiles ?

— Elles ressemblent à celles d'hier.

— Et cette puissance accrue des vagues, ça ne compte pas ?

— Bien sûr que ça compte, concéda Diane. Hier, la toile était différente. Quelques coups de pinceau, et on devine la tempête qui couve sous les vagues. Je suis impressionnée !

— C'est comme pour vous.

— Que voulez-vous dire ?

— Il y a aussi une tempête qui couve en vous.

Touchée au cœur par sa remarque, Diane sentit d'un coup ses épaules s'affaisser.

— Je suis désolé. Je ne voulais pas être impertinent.

— Ça va.

— Qu'est-ce que vous voyez dans cette toile ?

— Je vois qu'il n'y a pas de mouette en vol comme dans celle d'hier.

— Vous êtes très perspicace.

— C'est ce qu'on dit.

En dépit de son aspect dépenaillé et de ses manières un peu gauches, le peintre semblait quand même un tant soit peu éduqué.

— Vous êtes étudiant ? demanda Diane.

— Non.

— Alors, vous avez terminé vos études ?

— J'étudiais l'économie jusqu'à ce que je laisse tomber.

Diane le regarda comme pour dire : « Mais pourquoi ? »

— J'ai compris, avant qu'il ne soit trop tard, que jamais je n'apprendrais à peindre en écoutant mes professeurs d'économie.

— Vous auriez pu continuer à peindre tout en poursuivant vos études.

— Ce n'était pas une question de temps. Le problème, c'est que, chaque fois que je terminais un tableau, j'avais l'impression que le précédent était meilleur.

— Meilleur ?

— Comme tous les peintres, c'est en moi que je puise ce qui se retrouve sur la toile. Mais, au fil des jours, je prenais conscience que mes couleurs perdaient de leur éclat. Il fallait que j'abandonne mes études pour retrouver mes couleurs d'origine.

Elle manifesta son approbation en lui tendant la main.

— Je m'appelle Diane.

Il lui serra simplement la main.

De nouveau, il s'était comporté comme si elle lui était indifférente ! Il ne s'était pas présenté et n'avait même pas eu la courtoisie élémentaire de se dire enchanté de la rencontrer. Il était inutile de poursuivre une conversation qui avait déjà assez duré avec quelqu'un qui ne lui avait même pas dit comment il se prénommait. Prétextant un rendez-vous, elle murmura un au revoir et partit.

Sur le chemin du retour, cependant, son esprit demeura tourmenté par ce que le peintre lui avait confié à propos de la perte d'éclat de ses couleurs. De la même façon dont il en était venu à voir s'altérer ses couleurs d'origine, elle prit conscience à quel point les couleurs de sa mère lui manquaient.

12

Lorsque Diane se fut éloignée, le clochard fit un signe de la main au peintre. La veille, celui-ci était allé le voir pour lui poser une foule de questions au sujet de la ravissante fille à qui il avait dit la bonne aventure.

Le clochard l'avait gratifié d'un large sourire en concluant :

— Du calme, jeune homme ! Ce qui se passe entre mes clients et moi disparaît en fumée. Je n'en garde aucun souvenir. Faudra que tu le lui demandes à elle. Elle va revenir bientôt, de toute façon. Demain... Mais tu te rends compte ? Tu viens voir un vieux croûton comme moi pour t'aider, alors que tu es jeune, talentueux et bel homme. Tu n'as pas besoin de moi pour séduire cette fille.

Le peintre, embarrassé, avait tenté de se défendre en disant :

— Je vous ai vus tous les deux en train de m'observer. Alors, je cherche à savoir pourquoi.

— Ne me fais pas rire, jeune homme. Ces yeux grands comme des soucoupes que tu as fixés sur elle aussitôt qu'elle est apparue. Pas besoin de connaître la cartomancie pour savoir ça ! Tu as voulu rencontrer cette fille dès que tu l'as vue. Si je mens, je veux bien qu'une de tes mouettes se soulage sur ma pauvre tête !

Ne sachant que dire, le peintre avait bredouillé quelques mots d'excuse et avait rapidement disparu. Il s'était bien rendu compte qu'il ne serait pas facile d'extorquer le moindre renseignement à ce clochard.

Quelques minutes auparavant, toutefois, lorsque celui-ci lui avait fait signe en le gratifiant d'un sourire engageant, il avait pensé qu'après tout il avait peut-être décidé de lui en dire un peu plus au sujet de Diane. Il tenterait de nouveau sa chance au cours de la soirée.

13

Le peintre avait soigneusement posé au centre de la natte de paille la bouteille de jus de fruits extraite de la glacière qu'il gardait à l'intérieur de sa Jeep. Le clochard l'avait prévenu, le soir précédent : de ne pas arriver les mains vides. Il lui avait aussi demandé d'attendre qu'il y ait moins de monde dans le parc afin de ne pas effrayer ses clients potentiels.

— Est-ce que tu peux accepter un invité maintenant que… ?

— Ma boutique est toujours ouverte à ceux qui ne veulent pas en savoir trop.

— D'accord, d'accord. Je ne te poserai pas beaucoup de questions. Mais il y a une chose qui m'intrigue : comment savais-tu qu'elle viendrait ce soir ? Encore tes dons ? Mais, avant toute chose, il faut que je te dise : les quatre dollars, je ne les ai pas sur moi.

— Je ne crois pas à la bonne aventure, dit le clochard. Les gens veulent connaître leur avenir, alors je leur en parle. Qu'est-ce que je devrais faire ? Leur dire : « Ne me demandez pas ça à moi, si vous vivez assez vieux, vous finirez par savoir ? »

— Alors, tu veux dire qu'en fait tu ne connais rien à la cartomancie ?

— Un instant, mon gars. Je suis un homme d'honneur. J'ai du respect pour mon travail. Cartomancie, bonne aventure : c'est juste un jeu. Les cendres, les jarres, l'eau ; tout ça, ce sont des prétextes. Les gens ont besoin d'un peu de mise en scène, comme ils en voient au cinéma. Supposons que tout ce que tu leur dis soit vrai ; ils n'y croiront pas s'il n'y a pas une petite touche d'exotisme. Je le répète : c'est juste un jeu. La seule chose que je fais vraiment, c'est de lire sur les visages. Tout est écrit là...

— Que veux-tu dire ?

— Disons que j'ai observé la petite dame quand vous vous êtes parlé. Et qu'est-ce que j'ai vu ? J'ai vu qu'elle aimait tes peintures. Abracadabra, un jour elle reviendra ! Pour les revoir. Voilà ta bonne aventure !

— Tu veux dire que cette promenade n'était qu'un prétexte pour me revoir ?

Le clochard haussa les épaules.

— Qu'est-ce que j'en sais ? Je ne suis pas psy. Je ne connais pas les raisons, seulement le résultat. Mais laissons ce sujet et parle-moi de toi. C'est vrai que la fille est jolie, mais toi, qui tu es... ou qui n'es-tu pas ? D'où tu viens, où tu vas ? On voit qu'il y a du vagabond en toi.

— Oui, on peut dire ça. Je viens de San Diego et je travaille ici. Je dresse mon chevalet le long de la plage. La toile que tu vois là, c'est la première de mon projet d'été. En fait, elle aurait dû être terminée hier et, en principe, je devrais déjà être en route vers ma deuxième étape, à cinquante kilomètres d'ici, mais... tu connais la suite.

— Tu n'as plus envie de terminer cette toile depuis que tu as vu la fille, hein ? Oh ! mon Dieu ! Le jeu du chat et de la souris est le plus doux de tous. C'est quand on attrape ou qu'on se fait attraper que les choses commencent à se gâter. C'est bien, mon garçon. Tu devrais laisser ton tableau attendre encore un peu.

Le clochard vida sur sa natte le contenu de la grande tasse dans laquelle se trouvaient ses gains de la journée. L'emplissant ensuite de jus de fruits, il la posa devant le jeune homme puis en but une lampée.

— Cette ville d'où tu viens, San Diego, on peut y mendier ?

— Aucune idée. D'ailleurs, je ne viens pas vraiment de là. Je suis originaire du New Jersey et j'ai fréquenté l'université à Boston jusqu'à ce que je déménage à San Diego pour y habiter avec un ami.

— Et tes vieux, ils ont réagi comment ? J'ai entendu dire que ceux qui vont à l'université font plein de fric.

— Ma famille n'a jamais eu besoin de moi pour ça. Elle s'en tire déjà pas mal. Mais mes parents avaient quand même des ambitions pour moi : ils me voyaient banquier ou quelque chose comme ça. Et parce que c'est Harvard que j'ai quitté, ils l'ont pris plutôt mal. Mais il n'y avait pas d'autre issue : il fallait que je peigne.

— Harvard ? Ça, par exemple ! J'ai entendu parler de cet endroit. J'imagine que tu l'as dit à la fille.

— Non.

Le clochard posa un regard étrange sur le jeune homme.

— Mon garçon, il y a seulement trois options. A : tu es con ; B : la fille ne t'intéresse pas ; C : tu es encore plus con. À toi de choisir.

Le peintre sourit.

— Tu veux qu'elle te prenne pour un perdant, un berger qui garde un troupeau de toiles qui ne se vendent pas ? Faut lui dire qui tu es. Comment va-t-elle le savoir si tu ne le lui dis pas ?

— Sais pas. Je ne suis pas certain d'avoir envie qu'elle me voie différemment simplement parce que je suis allé à Harvard. Au bout du compte, je ne veux pas être puni parce qu'on m'aime pour ce que je ne suis pas.

— Mais... qui aime qui ? Qui punit qui ?

— Si elle doit m'aimer parce que j'ai fréquenté Harvard, aussi bien qu'elle ne m'aime pas. Je ne suis pas la somme de mes années d'étude, ni de mon travail ni de mon quotient intellectuel.

— Alors, tu sais qui tu es, mon garçon ?

— Mais... je suis seulement... Je suis qui je suis.

— Écoute-moi bien, mon garçon. Tu vois comme elle est élégante avec ses verres fumés relevés sur la tête ? Le seul mot « Harvard », c'est de la musique à ses oreilles. Alors, dis-lui simplement « Harvard ». Ça va marcher, je te le jure !

Le peintre secoua la tête.

— Trop risqué... Il y aura toujours quelqu'un de mieux que moi. Mais il n'y aura jamais personne comme moi. Tu sais, nous avons tous des empreintes digitales différentes. Et je pense que nous avons aussi une « empreinte intérieure » qui nous distingue. Les empreintes qu'on cache en enfilant des gants à la mode.

— Mon Dieu, le pauvre garçon ! Il parle de gants, maintenant !

— Désolé, répliqua le peintre en souriant.

— Alors, qu'est-ce que tu attends de cette fille ?

— Je ne sais pas, je ne sais vraiment pas. Tu crois qu'elle sera là demain ?

— Désolé, mon garçon. Si tu veux connaître l'avenir, ça va te coûter quatre dollars. Je ne peux pas le faire gratuitement pour un gars qui ne sait pas ce qu'il veut.

— Je crois que tu as raison.

Puis, après un bref moment de silence, le peintre ajouta :

— Je pense que je vais y aller.

— Comme tu veux, mon garçon. La prochaine fois que tu viens me voir, apporte de l'argent.

Après avoir déposé ses toiles dans la Jeep, le peintre s'étendit sur un matelas à la belle étoile. La lune, pleine, plongeait dans la mer, son reflet s'élargissant à mesure qu'elle montait à l'horizon. Il admira le spectacle en se demandant comment il avait pu être à ce point impressionné par une fille dont le visage, de toute évidence, n'offrait pas la lumière qu'il cherchait.

14

Au terme d'une journée longue, routinière et futile, Diane se laissa absorber par une photographie de sa mère.

« Maman, supposons que j'aie changé d'idée et que j'essaie de retrouver Marie. Quelle différence ça ferait ? Crois-tu vraiment que je puisse la retrouver sans autre indice qu'un nom, celui d'une femme qui lui aurait enseigné le langage des roses il y a de cela bien longtemps ? »

Sa poitrine se souleva. « Supposons, juste une minute, que je parcoure des milliers de kilomètres pour trouver l'emplacement de ce palais et admettons que je découvre l'hôtel où loge cette femme, près du palais. Savons-nous seulement si cette femme est encore vivante ? Si oui, se souviendra-t-elle de cette étrangère qui a débarqué à son hôtel il y a tant d'années ? Si elle avait vraiment montré à Marie comment parler aux roses, alors elle s'en souviendrait sûrement. Mais nous ne pensons pas que cela soit possible, n'est-ce pas, maman ? Et même si elle s'en souvient, en quoi cela nous aiderait-il ? Comment saurait-elle où se trouve Marie aujourd'hui ? Si j'allais vraiment là-bas, je lui demanderais poliment : "Pardon, madame, je ne sais pas si vous vous souvenez mais, il y a longtemps, une jeune touriste a demeuré ici, dans votre hôtel. Elle s'appelait Marie. Vous vous rappelez d'elle ? C'est la fille à qui vous avez enseigné le langage des roses... Pourriez-vous me dire où je peux la trouver ?" Comment crois-tu qu'elle réagirait à une telle question ? Sans doute sourira-t-elle au début, mais, quand je poursuivrai mon enquête auprès du personnel et même des clients de son hôtel, elle me demandera gentiment de partir. Et quand je l'informerai que je ne bougerai pas d'un poil avant de savoir où se trouve Marie, hésitant à recourir à la force, elle appellera le consulat. Mais je n'abandonnerai pas. Je tannerai les employés du consulat pendant des heures en leur demandant sans arrêt : "Où est Marie ? Où est Marie ? Où est Marie ?" Et après ? J'imagine qu'ils me prendront pour une folle et me renverront à la maison par le premier vol, en me plaçant dans les mains un rapport affirmant que je suis démente. À l'aéroport, il y aura des hommes en blanc qui me prendront par le bras et m'escorteront jusqu'à l'hôpital psychiatrique le plus proche. Et ce sera très bien, maman. Parce que c'est le seul endroit où j'ai une chance de trouver Marie. »

15

C'était comme si toutes les filles de grande taille aux cheveux châtains de San Francisco s'étaient donné rendez-vous dans le parc et étaient convenues de ressembler à Diane. Chaque fois que l'une d'elles s'approchait de lui, toutefois, le peintre était déçu. Cela faisait maintenant deux soirées qu'il passait au même endroit à attendre Diane, mais elle ne s'était pas montrée.

Il se reprocha de dévier de son projet pour une fille dont il savait qu'elle n'était pas celle qu'il lui fallait. Pourtant, il ne pouvait s'éloigner du parc.

Il y avait déjà un bon moment qu'il avait eu une liaison – en fait, depuis qu'il avait perdu confiance dans l'approche empirique en matière amoureuse. Au bout du compte, il en était venu à la conclusion que chaque nouveau rapport amoureux portait inévitablement en lui les germes d'une nouvelle séparation. Il avait donc décidé de trouver refuge dans les sphères moins agitées du célibat.

Auparavant, il considérait chaque séparation comme le commencement d'une autre relation et n'éprouvait aucun sentiment de perte lorsque cela se produisait. Mais il avait finalement commencé à admettre qu'il était difficile de bâtir une nouvelle relation amoureuse sur les ruines de la précédente.

Il en était également venu à comprendre que la plupart des gens avaient le sentiment d'avoir été roulés à la fin d'une liaison. Ils avaient tous l'impression d'avoir aimé leur partenaire de façon authentique, alors que celui-ci n'avait pas rendu la pareille.

Cela avait été le cas pour sa dernière petite amie et lui lorsqu'ils s'étaient séparés trois ans auparavant. Pendant des jours, il avait essayé d'analyser cet écart de points de vue. Comment se faisait-il qu'ils aient eu tous deux ce sentiment d'injustice ? Un matin, alors qu'il observait deux mouettes en vol, il trouva la réponse.

Ce jour-là, il avait dressé son chevalet au bord de la falaise, non loin de l'endroit où il habitait. Absorbé par sa peinture, il fut distrait par une mouette qui, prenant son envol d'un rocher situé à proximité, plongea vers la mer. Aussitôt, une autre mouette enclencha le même mouvement depuis la falaise opposée. Au moment où les deux oiseaux allaient toucher l'eau et entrer en collision, ils entreprirent une série de manœuvres qui les portèrent de nouveau vers le ciel. Leurs ailes se touchèrent et les mouettes s'élevèrent à l'unisson, bien au-dessus des falaises d'où elles s'étaient envolées.

Observant le vol de ces deux oiseaux, le peintre se dit que, pour être lié, il fallait d'abord être libre.

Cependant, la plupart des gens abordent une nouvelle relation amoureuse en conservant leurs vieux liens. Qu'il s'agisse de méfiance, du sentiment d'être incompris ou d'un réflexe défensif, ces anciennes attaches les empêchent de vivre librement leurs nouveaux rapports. Peut-être ont-ils raison de penser qu'ils ont été traités injustement dans leur liaison précédente ; mais ce qu'ils ne parviennent pas à comprendre, c'est que ce n'est pas leur partenaire qui les a bernés, mais le passé qu'ils ne sont pas parvenus à oublier.

Ces deux mouettes, parties de rochers différents, avaient réussi, l'une pour l'autre, à laisser le passé derrière elles et à descendre au niveau de la mer – le niveau zéro – en se libérant de leurs identités distinctes. Ainsi, elles avaient pu reprendre de concert leur course vers le ciel.

Sa manie de peindre des mouettes remontait à ce jour-là. Mais sa mouette était lasse de voler en solo et rêvait du moment où elle pourrait plonger vers la mer. Ce n'était peut-être pas le bon moment pour le faire, mais elle ne pouvait plus continuer à tourner en rond.

Lorsque la nuit fut tout à fait tombée, il sut que Diane ne viendrait pas ce soir-là non plus.

16

Les rêves qu'elle fit empêchèrent Diane d'achever la sieste d'une demi-heure qu'elle s'était accordée. Elle essaya d'évacuer de son esprit les scènes de palais et de roseraies qui troublaient son sommeil. Mais c'était impossible. Si elle ne pouvait les chasser de ses pensées, elle espérait au moins parvenir à leur donner un sens. Mais cela aussi semblait impossible.

Elle se leva, enfila son survêtement et chaussa des espadrilles. Peut-être une petite promenade dans le parc ou un brin de conversation avec le peintre allaient-ils l'aider à s'éclaircir les idées.

Le vieux clochard, assis sur sa natte, ressemblait plus à un roi qu'à un mendiant. Dès qu'il vit Diane arriver, il commença à compter ses pièces, comme s'il essayait de montrer que cette fois il n'allait pas faire semblant de l'ignorer. Diane n'en avait cure. De toute façon, elle n'espérait plus aucune prédiction de sa part.

Le peintre était à son poste habituel, concentré sur sa toile.

— Alors, comment vont vos couleurs, aujourd'hui ? demanda Diane.

— Bien. Et les vôtres ?

— Pas mal, monsieur Untel.

— John ou Mathias. À vous de choisir.

— Vous avez deux noms ?

— Double personnalité, si vous voulez.

— Ce qui veut dire ?

— Mathias aime le monde, alors que John veut le fuir.

— Pour aller où ?

— Je ne sais pas. Au-delà du monde, peut-être bien.

— Oh ! je vois... Mathias, ce n'est pas un nom commun dans les parages !

— C'est ce qu'on dit, répliqua Mathias, tout comme Diane avait fait la dernière fois qu'ils s'étaient rencontrés.

Diane sourit et jeta un œil sur la toile. Comme elle n'y voyait pas de mouette, elle comprit qu'elle n'était pas terminée. Elle s'attarda longuement sur le tableau, mais ne trouva rien à dire à son sujet.

Son silence et l'idée qu'elle parte rendaient Mathias mal à l'aise. Afin de mieux la connaître, non seulement avait-il changé son horaire, mais pendant des jours il avait fallu qu'il habite un motel miteux, le genre d'endroit où le jet de la douche est froid, où la chasse d'eau ne fonctionne pas et où le lit est bancal et étroit.

— Comme vous pouvez le voir, je manque d'inspiration aujourd'hui. Je pensais justement aller prendre un café là-bas, histoire de me changer les idées. Ça vous dirait de m'accompagner ?

Diane hésita avant de lancer, d'un air indifférent :

— J'imagine que je peux. De toute façon, j'avais besoin d'une pause pour reprendre mon souffle.

Mathias posa soigneusement son pinceau sur son chevalet.

— Allons-y.

Lorsqu'ils furent près du café, il se rendit compte que c'était un endroit beaucoup plus chic que ce qu'il avait imaginé.

17

Ils arrivèrent dans une salle où des torches allumées sous des abat-jour en cuivre projetaient une lumière particulière. C'était le genre d'endroit où les clients étaient heureux de payer dix dollars pour une tasse de café, perchés sur d'inconfortables chaises en fer forgé, tout en profitant du tohu-bohu ambiant. Mathias ne pouvait s'imaginer entrer dans cet endroit, même s'il devait vivre à San Francisco pendant cent ans. Malheureusement, il n'y avait pas d'autre café aux alentours.

Ils venaient à peine de s'asseoir à une table près de la fenêtre lorsqu'un serveur apparut.

— Qu'est-ce que vous prendrez ?

Après qu'ils eurent rapidement commandé un café à la vanille française et un expresso, Mathias fouilla la pièce des yeux.

— Quel endroit inspirant !

— Vraiment ? répondit Diane. Je me suis moi-même adonnée à la peinture à une certaine époque, mais je dois admettre que l'inspiration est une chose que je n'ai jamais connue. Je pense que c'est ce qui différencie un peintre de quelqu'un qui se sert simplement d'un pinceau.

— Je ne crois pas que l'inspiration soit quelque chose d'essentiel.

— Ah non ?

— Pour moi, l'inspiration se manifeste par le temps qu'on met à terminer une toile plutôt que dans la toile elle-même. Certains tableaux sont finis en deux jours alors que d'autres ne sont jamais terminés à proprement parler, même si vous y travaillez pendant plusieurs années. Et cela, malgré le fait qu'il n'existe pas nécessairement une grande différence entre les deux.

— Je voulais vous demander... Pourquoi peignez-vous toujours la mer ? Vous arrive-t-il d'avoir d'autres sujets ?

— Non, pas récemment. J'ai traversé des orages moi aussi. Depuis, je ne peins que la mer.

— Ça vous gêne si je vous demande quelle sorte d'orage ?

— C'était plutôt étrange. Cela a commencé par une rupture. Une journée, j'aurais pu poursuivre de mes assiduités quiconque se serait approché de moi avec une batte de base-ball ; le lendemain, je ne pouvais supporter personne. Au bout du compte, j'ai décidé de transférer mes émotions sur mes toiles en espérant pouvoir mieux me comprendre.

— Et cette mouette dans vos tableaux ?

— C'est une longue histoire. Je ne crois pas que ça vous intéresserait vraiment.

— Essayez toujours.

— Est-ce qu'il faut vraiment que je parle de ça ?

Devant son regard insistant, il commença à lui parler du jour où il avait été témoin du vol des deux mouettes. Il n'entra pas dans les détails, mais Diane n'en devina pas moins la signification de cette mouette solitaire figurant sur toutes ses toiles.

Déposant les cafés sur la table, le serveur leur demanda s'ils voulaient autre chose. Devant leur dénégation, il s'inclina et disparut.

— Vous continuez de peindre la mer. Est-ce à dire que l'orage n'est pas terminé ?

— Il l'est, mais entre-temps je me suis rendu compte d'une chose : j'aime peindre différents sujets à tout moment.

Diane ne comprenait pas. Il y avait seulement quelques minutes, il lui avait dit qu'il ne peignait que des paysages marins. Et, maintenant, il lui apprenait qu'il aimait bien peindre différentes choses à la fois.

— À force de représenter des scènes à partir de la même perspective, jour après jour, je me suis rendu compte que la mer, que j'avais toujours considérée comme immuable, était en fait extrêmement changeante

— Comme vous ? demanda Diane, se rappelant le lien que Mathias avait établi entre lui et la mer.

— Comme tout le monde. Nous pensons tous que, chaque matin, c'est la même personne que nous voyons dans la glace. Nos amis croient aussi qu'ils voient la même personne, même quand ils ne nous ont pas vus pendant des mois.

— C'est vrai. Et même lorsqu'ils remarquent que quelque chose a changé, ce sont généralement des détails anodins comme le poids ou la coupe de cheveux…

— Exactement. Ils n'envisagent même pas la possibilité que celui ou celle qui se trouve en face d'eux puisse avoir changé au point d'être devenu une nouvelle personne… Je pense que quelqu'un peut changer du tout au tout, même en quelques jours.

Diane baissa les yeux en prenant conscience à quel point elle-même avait récemment été forcée de changer.

Mathias lui frôla le bras.

— Je suis désolé. J'ai dit quelque chose que je n'aurais pas dû ?

— Non, non. Vous m'avez rappelé un souvenir, c'est tout.

S'appuyant sur les coudes, Mathias se rapprocha d'elle.

— Voudriez-vous qu'on en parle ?

— Je ne sais pas… peut-être une autre fois.

Le serveur réapparut pour demander s'ils avaient besoin d'autre chose. Diane se tourna vers Mathias.

— Qu'est-ce qui vous plairait ? Je prendrais bien du gâteau au chocolat.

— Oui, bien sûr. Je vais en prendre aussi.

— Je suis vraiment désolé, répondit le serveur. Je viens juste d'en servir à un autre client et il n'en reste plus qu'une part. Et si je partageais cette part en deux et que j'ajoutais un gâteau à la vanille pour compléter le tout ?

Ils acceptèrent à contrecœur.

18

Les gâteaux n'avaient pas encore été servis. Mais ils étaient tous deux tellement engagés dans leur conversation qu'il n'y avait pas lieu de s'en plaindre. Néanmoins, Mathias entreprit de héler le serveur afin qu'il ne cède pas leur portion à un autre client. C'est alors que celui-ci arriva avec les deux assiettes.

Après avoir pris une bouchée du gâteau à la vanille, Diane demanda à Mathias :

— Quel est votre but ? En matière de peinture, je veux dire.

— Je n'ai qu'un but, et c'est de peindre.

— Je croyais que les buts concernaient l'avenir, non ?

— Il y a un proverbe que j'aime bien : « Tant que le temps coule, l'avenir qui nous émerveille tellement n'est rien d'autre qu'un passé vierge. »

Tout en mordant dans son gâteau, il se demanda ce que Diane en pensait.

— Je suppose que ce que vous voulez dire, reprit Diane après un moment de silence, c'est qu'un jour situé dans l'avenir devient le passé par rapport au jour qui le suit. Et ce jour suivant va fatalement arriver parce que le temps coule... Donc, chaque jour que nous considérons comme « futur » n'est, en réalité, qu'un passé à « retardement ». Un passé que le temps n'a pas encore touché... C'est ça ?

— Personne ne l'a jamais mieux dit.

— Mais tout cela me paraît bien philosophique. Je ne crois pas que ça puisse avoir de valeur pratique dans la vie quotidienne.

— Allons, dit-il en souriant, j'ai seulement tenté de répondre à votre question.

— Désolée.

— En fait, tout ce que j'ai voulu dire, c'est que je voudrais accomplir mes rêves dans le seul temps qui existe vraiment, c'est-à-dire le présent. Voilà pourquoi peindre est mon seul but.

— Mais vous avez sûrement des objectifs à long terme ?

— Oui, j'ai un projet. J'ai l'intention de retourner dans le petit village où je vis, près de San Diego, et de peindre des scènes marines partout sur la côte, sur le chemin du retour. Et, à la fin de l'été, j'organiserai une exposition dans l'un des endroits où j'aurai dressé mon chevalet.

Donc, Mathias n'était pas de San Francisco... En fait, elle l'avait déjà deviné. Malgré tout, la façon dont il avait dit « le petit village où je vis, près de San Diego », tout simplement, comme si ça n'avait aucune importance, éveilla en Diane un sentiment familier : celui de la solitude.

— J'ai même trouvé le nom de l'exposition, dit Mathias en interrompant le cours de ses pensées : « Les mers changeantes de Californie. »

— Joli.

— Mais je ne suis pas certain de pouvoir terminer ce projet à temps. Et puis il y a tellement d'autres choses dont je ne suis pas sûr. Même si je mène ce projet à son terme, aurai-je assez d'argent pour organiser une exposition ? Et, si oui, est-ce que je réussirai à trouver un endroit qui convient ? Si oui, est-ce que j'obtiendrai la permission des autorités compétentes ? Si oui, aurai-je les fonds nécessaires pour la publicité ? Si oui, y aura-t-il de l'intérêt pour mes toiles ? Si oui, est-ce que j'y trouverai un motif de satisfaction ? Même si tout fonctionne parfaitement comme prévu, est-ce que je trouverai le bonheur ? Si oui, pour combien de temps ? Et même si mon bonheur se prolonge, serai-je capable de vaincre la peur de le perdre un jour ? Et la liste des choses dont je ne suis pas certain s'étend ainsi à l'infini.

— À l'infini, fit Diane en écho.

— Voilà pourquoi peindre est mon seul but.

— Et où avez-vous envie d'exposer ?

— Je ne sais pas encore, mais j'ai déjà décidé que ce serait là où j'aurais peint ma meilleure toile.

Ils avaient tous deux terminé leur premier gâteau. Il restait dans l'assiette de Diane le gâteau au chocolat et, dans celle de Mathias, celui à la vanille. L'ordre dans lequel ils avaient chacun choisi de manger leur première part avait attiré l'attention de

Diane. Elle avait gardé son préféré pour la fin, alors que Mathias avait fait exactement le contraire.

« C'est à mon tour maintenant », pensa Diane. Désignant le gâteau au chocolat dans son assiette, elle dit :

— Regardez. Il y a dans ce petit gâteau ce qui m'émerveille le plus dans l'idée que je me fais de l'avenir. Depuis que je suis toute petite, j'ai toujours gardé pour la fin le mets que je préférais. Mais, la plupart du temps, quand venait le temps de le manger, j'étais déjà rassasiée. J'ai bien peur que ça me soit arrivé encore une fois.

— Vous ne pouvez pas le manger ? Quelle honte ! J'imagine que votre gâteau au chocolat restera dans un passé à « retardement ».

Ils sourirent tous deux en se regardant longuement jusqu'à ce que chacun ressentît le besoin de détourner le regard.

Diane aperçut l'heure à sa montre.

— Oh ! il se fait vraiment tard !

Mathias demanda l'addition.

— Diane, c'est à vous de décider, mais s'il y a quoi que ce soit dont vous souhaiteriez parler, je suis prêt à vous écouter.

Les yeux de Diane s'assombrirent pendant un moment. Puis, retrouvant sa contenance, elle résuma pour Mathias ce qu'elle avait vécu au cours des cinq derniers mois.

Il écouta avec beaucoup d'attention. Lorsqu'elle eut terminé, Mathias ne semblait pas trop savoir comment réagir. Tout ce qu'il put dire fut :

— Je suis désolé.

— Ce que je trouve le plus pénible, c'est l'idée que ma mère a cessé d'exister, poursuivit Diane. C'est encore pire que d'avoir été abandonnée. Je voudrais qu'elle existe quelque part, même si je sais que je ne la verrai jamais ni n'entendrai sa voix.

Mathias remarqua les larmes dans ses yeux.

— Je ne pourrai jamais mesurer à quel point vous avez souffert, dit-il doucement. Personne ne le peut. Alors, tout ce que je pourrais dire n'a pas beaucoup d'importance… Je sais que ce n'est pas la même chose, mais, après la mort de ma grand-mère, j'étais très triste. Je n'arrivais pas à l'accepter. Puis, je suis tombé sur un livre, un bref récit qui m'a beaucoup touché.

Diane, se remémorant alors les histoires que sa mère lui lisait quand elle était enfant, avait de la difficulté à retenir ses larmes.

— J'aimerais bien l'entendre.

— Il y avait une vague sur l'océan. Elle roulait, profitant de la chaleur du soleil et de la vitesse du vent. Elle souriait à tout en suivant son chemin vers la rive. Puis, soudain, elle remarqua que les vagues qui la précédaient se brisaient une à une contre les rochers. « Mon Dieu, se dit-elle, je vais finir comme elles. Je vais bientôt m'écraser contre un roc et disparaître. » Une autre vague qui passait perçut l'état de panique dans lequel elle se trouvait et lui demanda : « Qu'est-ce qui t'arrive ? Pourquoi es-tu si triste ? Regarde-moi ce temps magnifique ! Vois ce soleil, ce vent qui nous pousse et ces mouettes qui volent au-dessus de nous ! » La première vague répondit : « Mais ne vois-tu pas ces vagues devant nous qui disparaissent en se cognant violemment contre la falaise ? C'est terrible ! Nous allons bientôt finir comme elles. » « Mais tu ne comprends pas, répliqua la seconde vague. Tu n'es pas une vague. Tu fais partie de l'océan. »

Diane sentit un courant de bien-être s'installer dans son cœur. La compassion qu'elle lisait dans les yeux de Mathias donnait au récit tout son sens. À cet instant, elle eut envie d'étendre sa main vers celle de Mathias, qui reposait sur la table. Mais elle se retint et lui lança plutôt un regard d'approbation.

Le serveur reparut avec l'addition enfouie dans une coquille d'huître. Lorsque Diane fit un geste pour la saisir, Mathias l'arrêta.

— Je vous en prie. C'est moi qui vous invite.

Comme elle le raccompagnait vers le parc, elle se rappela soudain les paroles du clochard. « Cette fille qui te ressemble tant, sa route va croiser un jour celle de cet homme », avait-il prédit. Pendant un instant, elle songea à en informer Mathias en le prévenant de ne pas la confondre avec Marie si jamais ils devaient de nouveau se rencontrer un jour. Mais elle y renonça, ne voulant pas mêler le vieil homme à cette affaire.

Lorsqu'ils arrivèrent à son chevalet, elle lui tendit la main.

— J'ai passé une très belle soirée, Mathias. Ou John. Merci.

— Non, c'est moi qui vous remercie.

L'espace d'une seconde, elle eut envie de lui demander quand il comptait quitter San Francisco. Elle aurait aussi voulu lui dire qu'elle habitait l'immeuble au bout de la route. Mais elle le quitta sans un mot.

19

Il était plus de minuit lorsque Diane quitta l'atelier à l'étage. Elle se jeta négligemment sur le lit, ignorant la peinture bleue dont elle était maculée des pieds à la tête. Comme elle s'y attendait, le couvre-lit fut couvert de taches. Voilà le prix à payer quand on veut peindre la mer, se dit-elle.

Ce n'était pas tant le thème choisi que la méthode qu'elle avait utilisée pour peindre qui était responsable de ces dégâts. Pour commencer, elle avait jeté par-dessus bord toutes les règles qu'elle avait apprises à l'époque où elle prenait des cours de peinture.

Sur les airs mystiques chantés par Loreena McKennitt, elle avait pressé dans sa paume un tube de couleur bleue dont elle avait étalé le contenu au hasard sur la toile.

En un sens, Diane était reconnaissante à Mathias de l'avoir incitée à revenir à la peinture après tout ce temps. Le bref récit qu'il lui avait raconté lui avait réchauffé le cœur. Elle voulait profiter de l'état d'esprit dans lequel cette histoire l'avait plongée pour s'adonner à une activité qui aurait plu à sa mère.

Elle prit l'enveloppe verte à côté de la lampe de chevet et relut la deuxième lettre de Marie.

Lettre numéro 2 : « Le sentier du jardin. »

Le 22 février

Maman chérie,

Durant mes années d'enfance, en dépit des autres, je n'ai jamais perdu ce désir de te retrouver. Mais, à mesure que le temps passait, je sentais ma force décliner face à leurs incessantes tentatives de me transformer en une « autre ».

Puis, une nuit, j'eus un songe. J'étais dans une petite barque bercée par les courants de l'océan. Je portais une chemise de nuit blanche et un chapeau orange. Je voyais bien la rive, mais je n'avais ni voile ni rame pour l'atteindre. Comme j'étais là, impuissante, ta voix me parvint de derrière un voile de nuages gris.

— Marie, reviens-moi.

— Où es-tu, maman ?

— Tu ne m'as pas perdue ; je suis toujours avec toi.

— Pourquoi ne puis-je te voir ?

— Parce que tu n'es pas avec moi.

— Comment puis-je l'être ?

— Trouve-moi en toi.

— Mais je ne peux pas.

— Alors, trouve-moi dans ce que je t'offre.

Un bruit assourdissant déchira alors le ciel. Puis une main illuminée descendit, retira mon chapeau et le remplaça par une couronne de roses blanches. Cette main était la tienne, maman. Et cette couronne est le plus beau présent que j'aie jamais reçu.

Contemplant son reflet dans l'eau, je l'admirai pendant quelque temps. Puis un orage terrible éclata. Comme mon embarcation roulait d'un côté et de l'autre au milieu de vagues monumentales, je m'accroupis au fond de la barque et commençai à sangloter : « Maman, aide-moi ! » Rapidement le vent s'arrêta, la pluie commença à tomber et la mer se calma.

Regardant de nouveau mon reflet dans l'eau, je m'aperçus que la couronne n'était plus sur ma tête. Je sentis alors que mon seul bien s'était envolé. J'eus le sentiment d'être un coquillage vide, une rivière asséchée, un aigle sans ailes, une rose sans parfum... Mais, malgré tout, je n'en étais pas moins une rivière, un aigle, une rose. Il fallait que je retrouve ma couronne.

Je l'ai cherchée dans la barque. Je l'ai cherchée au loin, sur la mer et dans le ciel... Mais je ne l'ai pas trouvée.

Je t'ai appelée.

— Maman, je veux ravoir ma couronne.

— Alors, incline ta tête, Marie.

Je fis ce que tu me demandais et, aussitôt, je vis par mon reflet dans la mer que ma couronne avait repris sa place sur ma tête. Puis tu me donnas un autre conseil. Cette fois, ta voix ne venait plus du ciel mais des roses qui formaient ma couronne. « Marie, mon enfant, ne pense plus jamais que tu l'as perdue. Ne cherche plus autour de toi ce que tu possèdes déjà. »

Dès cet instant, un palais se dressa au milieu de l'océan. Tout à côté se trouvait un jardin dont les murs débordaient de roses et derrière lesquels montait le chant des rossignols.

Tu me parlas de nouveau.

— Si tu veux entendre ma voix, suis le sentier du jardin. Tiens la main du jardinier et prête l'oreille aux roses.

— Mais, maman, il est si loin ! Il y a tout un océan entre nous et je ne sais pas nager.

— N'aie pas peur, tu n'as qu'à aller tout droit. Si tu laisses là tes bagages, l'océan te portera.

— Mais je n'ai pas de bagages.

— Croire que l'océan ne te portera pas représente un lourd fardeau. Alors, laisse-le là et marche.

— Où ce sentier me mènera-t-il ?

— À moi.

— Je pourrai donc te retrouver dans ce monde ?

— Oui, dans ce monde.

Je ne pouvais chasser ce rêve de mon esprit et vivais dans l'attente de sa réalisation. Trois ans plus tard, voyageant avec une amie et sa famille, je vis une roseraie à l'arrière du petit hôtel où nous avions trouvé refuge. Un peu plus loin, j'aperçus le palais Topkapi, qui ressemblait énormément à celui que j'avais vu en rêve. Aussitôt que je portai les yeux sur ce jardin et ce palais, j'eus le sentiment que c'était le genre d'endroit où tu souhaitais que je me rende. Je ne m'étais pas trompée.

Zeynep Hanim, la propriétaire de l'hôtel, était une personne extraordinaire : une « non-autre ». Elle était le Quelqu'un-qui-sait que j'avais toujours cherché, celle qui pouvait m'aider à entendre ta voix. Elle m'invita dans sa maison, où je séjournai pendant plusieurs jours, et je fis avec elle des promenades magiques dans la roseraie. Elle m'enseigna bientôt tout ce qu'il fallait savoir pour que je pusse écouter les roses. Les graines qu'elle sema dans mon cœur me permirent, bien des années plus tard, d'entendre une rose me parler dans ma propre maison.

J'espère, dans ma prochaine lettre, pouvoir te raconter la troisième étape de mon voyage.

Avec tout mon amour...

Marie

Ce n'était pas la première fois que Diane lisait cette lettre. Mais, cette fois-ci, elle en éprouva un sentiment quelque peu différent. Elle se mit à réfléchir à la façon dont sa jumelle avait consacré sa vie à la recherche de sa mère. La puissance de ses sentiments, sa quête jamais assouvie, sa détermination à la retrouver...

Ma foi, peut-être Marie avait-elle une imagination trop débordante ; peut-être ses lettres racontaient-elles les choses qu'elle aspirait à vivre plutôt que la réalité. Peut-être était-elle folle ou simplement abandonnée à ses fantasmes. Mais une chose était certaine : Marie était amoureuse de sa mère... En outre, elle avait réussi pendant de longues années à garder sa mère vivante dans son cœur, ce qui pour Diane s'avérait impossible.

Et maintenant, alors que Marie croyait être sur le point de rencontrer sa mère, voilà qu'elle l'avait perdue pour l'éternité. Peut-être même l'ignorait-elle. Ou peut-être était-ce parce qu'elle avait appris l'imminence de sa mort qu'elle avait décidé d'attenter à ses jours et ainsi de la rejoindre le plus rapidement possible.

Dans son rêve, sa mère lui avait dit qu'elle pourrait la rencontrer dans cette vie. Mais l'univers excentrique qu'elle avait créé pour elle-même s'était effondré lorsqu'elle avait compris que cette promesse n'était qu'une illusion. Marie ne verrait plus jamais sa mère dans ce monde.

« Exactement comme moi », songea Diane.

20

Mathias avait terminé son tableau à minuit. Mais il était toujours dans le parc lorsque le jour se leva, retournant dans sa tête la question à laquelle il n'avait pu répondre de toute la nuit : devrait-il ou non changer le nom de son exposition pour « Les mers de San Francisco » ?

La mer qui bordait cette côte était aussi en perpétuel mouvement. Il pouvait donc louer un petit pavillon tout près, pour la durée de l'été. Ainsi, il peindrait toutes ses toiles dans le parc. Cela présentait un intérêt certain. Mais il avait du mal à prendre une décision. Malgré la perspective d'un été sous l'empire de l'inspiration, il se refusait à entreprendre une relation dont il savait qu'elle serait brève.

Marchant vers sa Jeep, il y saisit deux bouteilles de Coca-Cola dans la glacière, un geste qui n'avait pas échappé au clochard, lequel ne s'était pas encore placé dans la position assise qu'il adoptait durant ses heures de travail.

— Tu es fou ! cria-t-il à Mathias. Amène-toi ici !

Il prit la bouteille que le peintre lui tendait.

— C'est tout ce que tu as, si tôt le matin ? J'avais demandé de l'argent.

— Tu as bien dit que tu lisais sur les visages, n'est-ce pas ?

— Si je l'ai dit, c'est parce que c'est vrai. Mais ce n'est pas gratuit, mon garçon. Faut que ce soit clair entre nous.

— Je viens juste de dresser une liste de cinq qualités. Ça s'intitule « Le genre de fille que je cherche ». Et tu sais quoi ? Elle passe le test pour les critères deux à cinq. Et moi qui croyais que je détestais le calcul.

— Qu'est-ce que cette liste a à voir avec moi, mon garçon ? Qu'est-ce que tu attends de moi ?

— Je pensais que, peut-être, tu pourrais m'en dire plus à propos de la qualité qui est en tête de ma liste et qui est plus importante que toutes les autres réunies.

— Et c'est quoi, cette qualité ?

— Son visage devrait être illuminé.

— Ça, par exemple ! Et par quelle sorte de lumière ?

— Une lumière que je n'ai jamais vue sur aucun visage auparavant, mais que je reconnaîtrai dès que je la verrai. Malheureusement, je ne l'ai pas trouvée en elle non plus.

— Et à quoi sert cette lumière, mon garçon ?

— C'est un signe qui me dira que j'ai trouvé l'âme sœur.

— Quelle sœur ? Assez de mystère, mon garçon ! Les devinettes, ce n'est pas mon fort.

Mathias pointa du doigt la mer.

— Chaque jour, des milliers de gens posent leurs yeux là. La plupart d'entre eux n'y voient que la mer, mais quelques-uns y voient autre chose. Je me demande si quelqu'un y a déjà vu un désert torride. Ou une montagne.

— Ah ! non, mon garçon ! Tu ne vas pas recommencer.

— Si un jour je prétends voir un désert en regardant la mer ou la mer alors que je suis en plein désert, qui va me croire ?

— Non mais, c'est que tu recommences, mon garçon. Donne-moi une petite chance et dis-moi de quoi tu parles.

— Là où je veux en venir, c'est que mon âme sœur est celle qui me croira, même quand le monde entier pensera que je déraisonne. Bien plus, c'est celle qui me montrera les dunes ou les anses que je n'aurais pas vues.

— Hé ! Ho ! Tu arrêtes le jeu un peu, dit le clochard en lui faisant signe de s'interrompre. À partir de maintenant, il faudra payer pour tout ce que tu me dis. Chaque mot que tu vas prononcer sans mon autorisation va te coûter un dollar !

Mathias sourit.

— Je n'ai qu'une chose à te dire, mon garçon. Je regrette, mais lire sur les visages n'a rien à voir avec cette lumière que tu cherches sur le minois de ta petite dame. Tu penses que c'est facile de voir la lumière d'un visage ? Dans ma longue vie, ça m'est arrivé juste une fois. Sur mon frère Joe. Cette lumière, je l'ai vue sur la figure de Joe. Illuminé, c'est le mot ! En 1962. Une Cadillac de l'année. Perle noire métallique. Je tutoyais la serrure pendant que lui faisait le guet. On a entendu des pas, puis je me suis tout de suite tourné vers Joe. À cette seconde exactement, j'ai été carrément aveuglé. T'aurais dû voir sa tête ! Une lampe de poche de 500 watts, braquée par un policier d'État, tu peux être certain que ça fait de la lumière. Illuminé, il était, mon Joe, ça oui, tu peux en être certain !

Mathias se mit à rire.

— Maintenant, mon garçon, venons-en au fait. Tu restes ou tu pars ?

— Qu'est-ce que tu crois que je fais ici, à cette heure ? Je suis ouvert à toutes les suggestions. Mais il y a une chose que je sais : si je pars, ce sera pour de bon. Ça vaut mieux pour nous deux d'en rester là. Je suis déjà allé trop loin. Je le savais dès le départ, mais je n'ai pu m'en empêcher. On a fait un brin de conversation, puis je l'ai invitée à prendre un café. Je lui ai parlé de moi et j'ai essayé de la comprendre. Mais le pire, c'est que j'ai tenté de l'impressionner. Tout ça n'aurait jamais dû arriver. Maintenant, je songe à m'en aller sans même lui dire au revoir. Qu'est-ce que je devrais faire, tu crois ?

— Va-t'en loin, mon garçon.

— Loin de toi ou loin de la ville ?

— Pourquoi tu me demandes ce que tu sais déjà ? Moi, je te dis de rester, mais toi tu veux partir. Moi, je te dis de profiter de la vie, d'apprendre à connaître cette jeune femme, de l'emmener quelque part, d'être heureux, quoi ! Mais toi, tu es prêt à t'en aller. Tu viens me voir parce que tu n'oses pas t'avouer que tu veux rester. Avant que tu te plantes là, devant moi, je le voyais sur ta figure. C'est comme ça que je lis dans les visages, mon garçon. Deux bouteilles de Coca, ça fait quatre dollars. Alors, je t'invite. Je suis un homme d'honneur, faut pas que tu l'oublies. J'ai du respect pour mon travail.

Après un silence, Mathias tendit sa main au clochard.

— Nos petites conversations vont me manquer, mon ami.

21

« Quelqu'un peut changer du tout au tout, même en quelques jours », lui avait dit Mathias. Est-ce que ça valait aussi pour une seule journée ? Est-ce qu'une personne sensible et attentionnée un jour peut se lever et partir le lendemain, sans même un au revoir ?

« J'ai bien peur que cela soit possible, se dit Diane, puisque je ne l'ai pas vu depuis six jours. »

De retour de sa promenade, Diane feuilleta son répertoire téléphonique en se demandant comment elle en était venue à connaître autant de gens. Parmi tous ces numéros, elle choisirait celui d'une copine qu'elle inviterait à venir bavarder et, très rapidement, la vraie question surgirait. Alors son amie lui proposerait une série de scénarios mettant en évidence les raisons logiques pour lesquelles le peintre était parti sans prévenir. Bientôt, elle serait persuadée que ces raisons n'avaient rien à voir avec le fait qu'il n'était pas attiré par elle. Alors, son amour-propre demeurerait intact.

« Je ne crois pas que Marie agirait de cette façon », pensa Diane.

Elle jeta le répertoire sur la table. Non pas pour d'obscures raisons de concurrence avec sa jumelle. Simplement parce qu'elle n'avait plus envie d'appeler qui que ce soit. À la place, elle composa un autre numéro : celui de son agence de voyages.

— Bonjour, puis-je vous aider ?

— Bonjour, Sarah, Diane à l'appareil. J'aurais un service à vous demander. Si je ne m'abuse, le palais Topkapi est bien à Istanbul, n'est-ce pas ? Lorsque vous aurez vérifié, auriez-vous l'obligeance de me réserver un vol pour vendredi ? J'aimerais avoir un retour ouvert.

— Est-ce que j'ai bien entendu, mademoiselle Stewart ? Vous avez bien dit vendredi ?

— C'est ce que j'ai dit.

— Mais n'y a-t-il pas la remise des diplômes ce dimanche ? A-t-elle été reportée ?

— Non, mais je dois partir sans délai.

— Tout va bien, j'espère ?

— Ne vous en faites pas, Sarah. Tout va très bien.

Deuxième partie

22

Lorsque le commandant de bord annonça que l'avion était sur le point d'atterrir, Diane tenait toujours dans sa main la lettre qu'elle avait déjà lue plusieurs fois au cours du vol.

Lettre numéro 3 : « L'anéantissement de la rose. »

Le 1er mars

Maman chérie,

Il y a environ un an, j'ai traversé une période durant laquelle j'ai quasiment arrêté de boire et de manger. J'avais perdu tout intérêt pour ce qui me plaisait auparavant. Je ne quittais jamais ma chambre et passais le plus clair de mon temps au milieu de mes roses qui commençaient à exhaler des parfums que je n'avais jamais respirés jusqu'à ce jour.

Chaque recoin de ma chambre débordait de roses que j'avais commencé à faire pousser à mon retour de la roseraie. J'avais l'impression d'être une fleuriste en quête de clients.

Un jour, une chose étrange se produisit : j'entendis les roses respirer. Cela dura des jours. Parfois, elles exhalaient une légère brise qui soufflait dans mes cheveux, comme pour balayer de mon esprit toute trace du passé.

Un soir, la brise s'amplifia, prit encore de la vigueur toute la nuit durant, puis mourut à l'aube. La chambre baigna soudain dans une lumière éblouissante. Partout, je ne voyais que cette intense luminosité, sans pourtant pouvoir y distinguer quoi que ce fût. Puis un silence assourdissant envahit la chambre.

Le silence fut brisé lorsque la rose rose, placée à la tête de mon lit, se mit à me parler. Or c'était comme si la voix qui s'adressait à moi ne venait pas de la rose, mais de moi. De l'intérieur de moi !

La voix devint de plus en plus forte, atteignant une intensité telle que je ne pouvais plus entendre, voir ou sentir quoi que ce soit d'autre. La seule chose que je pouvais voir, sentir ou toucher était la voix de ma rose.

J'étais effrayée par moi-même. Non, cela ne pouvait pas être possible. Comment pouvais-je avoir peur de moi ? Je n'étais même pas là. Il n'y avait que la rose. La voix de la rose.

Nous parlions toutes deux de la même voix.

— La paix soit avec toi, Marie.

— Je ne le crois pas ! Je ne crois pas que ce soit ma rose que j'entends là.

— Tu te trompes, Marie. C'est parce que tu y crois que tu peux m'entendre.

— Mais c'est extraordinaire !

— Pour les gens extraordinaires, les choses extraordinaires sont tout à fait communes.

— Je ne crois pas mériter de tels éloges.

— Voilà pourquoi tu en es digne.

— Puisque je peux t'entendre, puis-je entendre aussi ma mère ?

— Ta mère te parle à travers toutes choses. Mais souviens-toi que c'est seulement après avoir écouté Socrate que tu pourras t'en rendre compte et entendre sa voix.

— Où puis-je trouver Socrate ?

— Tu ne peux le trouver. C'est lui qui te trouvera.

— Quand ?

— Bientôt.

Ce sont les seules paroles que j'entendis la rose prononcer. Depuis ce jour, j'attends de voir apparaître Socrate, tout comme le renard attend que le Petit Prince vienne pour l'apprivoiser. Même si j'ai en main ton adresse à cet instant précis, je sais que je n'entendrai pas ta voix avant d'avoir rencontré Socrate.

Mais je suis certaine qu'il me trouvera. Je le sais parce que la rose me l'a dit. Qui sait, peut-être le verrai-je à San Francisco ?

J'espère t'envoyer de là ma dernière lettre.

Avec tout mon amour…

Marie

23

Diane avait attendu ses bagages pendant presque une heure à sa sortie de l'avion et, bousculée par des passagers pressés, elle avait perdu sa place trois fois dans la file d'attente des taxis. Après avoir finalement trouvé une voiture, elle avait eu à subir les suffocants nuages de fumée exhalés par le chauffeur qui allumait cigarette sur cigarette. Elle avait été frappée par la lenteur de la circulation, dont le rythme était moins rapide que celui des piétons. Par la suite, elle n'avait pas réussi à convaincre les marchands ambulants du quartier Sultanahmet qu'elle n'avait pas besoin de tapis. Et le pire était que, maintenant, après avoir vainement cherché un jardin derrière chaque hôtel, elle ne pouvait dissimuler ses larmes à l'homme qui s'était approché d'elle en disant :

— Bonjour, jolie dame. Besoin d'un gentil guide ?

Si seulement elle avait pu trouver le petit hôtel de Zeynep Hanim, rien de tout cela ne l'aurait affectée.

Elle dénicha un coin désert près de Sainte-Sophie et pleura en contemplant ses murs jusqu'à la fermeture. Bien que crevassés et délabrés, ces murs semblaient engagés dans un noble combat contre le temps afin de soutenir la mémoire de millions de personnes. Lorsque le gardien l'informa pour la troisième fois que le musée était sur le point de fermer, elle quitta Sainte-Sophie et erra sans but en direction du palais Topkapi. Arrivée à la fontaine historique située face à l'entrée principale du palais, elle s'assit par terre, puisque celui-ci ne risquait pas de fermer.

Alors qu'elle se demandait si elle allait trouver une place pour le vol de retour du lendemain, elle entendit une voix au-dessus d'elle.

— Dure journée ?

Lorsqu'elle leva la tête, elle aperçut une étrangère d'âge moyen, élégante, qui la regardait d'un air mi-intéressé mi-compatissant, comme si elle n'avait jamais vu personne traîner dans une rue auparavant.

— Ne m'en parlez pas ! J'ai fait tous les hôtels et je n'ai pas trouvé celui que je cherchais…

— Oui, la haute saison a commencé, lui répondit la femme qui se méprenait sur la remarque de Diane. Nous avons aussi eu beaucoup de difficultés à trouver une chambre.

La femme désigna la rue étroite longeant l'un des murs du palais.

— En fait, dit-elle, nous aurions aimé trouver une chambre dans l'une des petites pensions là-bas, mais toutes étaient déjà réservées. Alors nous avons dû nous rabattre sur le Four Seasons.

— Oh ! s'exclama Diane en se levant. Je vais jeter un coup d'œil à ces pensions. Profitez bien de votre séjour au Four Seasons.

24

Juste en face d'elle se trouvaient deux grandes maisons en bois. Celle qui était peinte de couleur champagne était plus massive et, pour autant qu'elle pût en juger, d'apparence plus propre. On y accédait par un jardin. L'autre maison était vert pastel. Comme son entrée donnait sur la rue, Diane n'était pas en mesure de savoir s'il y avait ou non un jardin à l'arrière.

Elle brûlait de se précipiter dans l'une d'elles ; mais parce qu'elle était incapable de former dans son esprit une image précise de Zeynep Hanim, elle ne pouvait décider laquelle était la sienne. À condition, bien sûr, que l'une des deux le fût.

Elle choisit la plus grande. En se dirigeant vers l'entrée, elle inspecta le jardin. Bien qu'elle pût y distinguer toute une variété de fleurs de toutes les couleurs – jaune, rose, bleu, violet, cramoisi, orange –, elle ne put y trouver une seule rose. Revenant sur ses pas, elle opta plutôt pour la seconde. L'entrée se faisait par une porte étroite.

À l'intérieur, elle aperçut un réceptionniste occupé au téléphone. Au bout d'exactement dix-sept minutes d'attente, elle abandonna et jeta son dévolu sur l'un des serveurs. Prononçant chacune des syllabes avec soin, elle demanda :

— Est-ce que Zeynep Hanim est là ?

— Elle est sortie il y a une heure, madame. Mais elle devrait être de retour sous peu.

Diane hésita un moment.

— Bien... D'accord... Lorsqu'elle reviendra, auriez-vous l'obligeance de lui dire que quelqu'un aimerait lui parler ?

— Certainement, vous pouvez l'attendre dans le salon de thé.

« Je n'aurais jamais pensé que cela puisse être si simple », pensa Diane. C'était comme si le destin, qui jusqu'alors lui avait tourné le dos, avait décidé tout à coup de lui donner un coup de main.

25

Le salon de thé, qui comprenait quatre petites salles distinctes, était bien éclairé et décoré dans le plus pur style ottoman. À part le serveur dans son uniforme galonné d'or, il n'y avait personne.

Des tapis décorés de motifs rouge brique, jaune moutarde et bleu agrémentaient la mosaïque du parquet. Les murs étaient ornés de tableaux montrant diverses scènes du vieil Istanbul : barques flottant sur la Corne d'Or, mosquées surmontées de leurs minarets et rivalisant d'altitude, spectacles de derviches tourneurs, maisons de bois s'étendant sur la côte du Bosphore...

Bientôt, un bruit de pas la tira de sa rêverie.

Dans le salon de thé apparut une femme aux traits délicats où brillaient de grands yeux bleus et dont les cheveux, grisonnants par endroits, étaient noués en chignon à l'arrière. La longue robe de lin blanc qu'elle portait lui conférait un air distingué.

Lorsque leurs yeux se croisèrent, la vieille dame avait déjà ouvert grands ses bras et se précipitait vers Diane.

— Mon Dieu, je n'en crois pas mes yeux ! Marie, mais c'est toi ! Quelle magnifique jeune femme tu es devenue.

Zeynep Hanim l'étreignit d'une telle façon que, pendant un instant, Diane pensa à sa mère. Toutes les fois qu'elle l'enlaçait, Diane avait le sentiment que ce n'était jamais sa mère qui lâcherait prise la première.

— Laisse-moi te regarder, dit Zeynep Hanim en prenant son visage dans ses mains.

— Je suis désolée, mais je ne suis pas Marie, avoua Diane en se dégageant. Je m'appelle Diane.

Zeynep Hanim sourit.

— Marie, comment pourrais-je t'oublier ?

— Non, madame. Vous vous méprenez. Je suis sa sœur jumelle.

La vieille dame la considéra d'un air dubitatif.

— Marie, ma chérie, mais tu as toujours été fille unique.

— Je vous en prie, vous devez me croire. En fait, j'ai fait le trajet jusqu'ici pour *vous* demander des nouvelles de Marie.

— Que veux-tu dire ? C'est toi qui m'as téléphoné l'autre jour pour me dire que tu arriverais cette semaine.

— Quoi ? Marie vous a appelée ? Elle a dit qu'elle venait ? Quand arrive-t-elle ?

Zeynep Hanim dirigea Diane vers une chaise, comme si elle voulait lui faire reprendre ses esprits. S'asseyant en face d'elle, elle insista :

— Alors, tu es certaine que tu n'es pas Marie ?

— Je vous en donne ma parole. Mais, s'il vous plaît, dites-moi quand Marie va arriver.

— Ce n'est pas que je doute, ma chérie, mais…

— Je vous en prie, madame. Quand Marie arrivera-t-elle ?

— Elle n'a pas dit précisément quand, mais je l'attends d'ici à cinq ou six jours. Je ne sais pas où elle peut être en ce moment. Cela fait des années que je ne l'ai vue. Mais toi ? Ne l'as-tu pas vue récemment ?

— Ce n'est pas une histoire banale. Mais si vous daignez m'écouter, je vais vous la raconter.

— Bien sûr que je veux l'entendre. D'abord, tu boiras bien quelque chose. Est-ce que tu as faim ? Commande ce qu'il te plaira. J'ai ici du thé vert à la menthe, que je te recommande.

— Merci, un espresso fera l'affaire.

— Bien sûr que nous avons de l'espresso, mais peut-être voudrais-tu une tasse de café turc ?

— Pourquoi pas.

Aussitôt qu'il eut pris note de la commande, le serveur quitta la pièce.

26

Le temps que le serveur revienne, portant un plateau en argent, Diane avait fini de raconter son histoire à Zeynep Hanim.

— Je suis si désolée, dit-elle en posant sa main sur celle de Diane. Ne t'en fais pas au sujet de Marie. Elle n'est pas du genre à se placer dans une situation dangereuse. Mais toi, ma chérie, tu as dû traverser des moments très difficiles.

— J'essaie de m'en remettre. Mais, pour y parvenir, il faut d'abord que je voie Marie. J'ai besoin de votre aide. Si elle rappelle, ne lui parlez pas encore de moi, si vous n'y voyez pas d'objection.

— Je ferai tout ce que je pourrai. Je suis si heureuse que vous puissiez vous rencontrer. C'est une fille extraordinaire. Quelle tristesse que vous n'ayez pu vous connaître pendant toutes ces années.

Zeynep Hanim prit le plateau et versa le thé dans le verre de cristal en face d'elle. Elle prit le temps de s'assurer que le café était au goût de Diane avant de lui demander :

— Qu'est-ce que Marie dit de moi dans ses lettres ?

Diane éprouva un sentiment étrange. Dans sa frénésie de retrouver Marie, la question de savoir quelle sorte de personne était Zeynep Hanim lui avait complètement échappé. N'était-ce pas elle qui avait enseigné à Marie le langage des roses ?

Elle considéra de nouveau la vieille dame avec attention. Avec ses yeux enjoués, son expression sereine, la douceur de ses manières et son anglais impeccable, non seulement elle paraissait absolument saine d'esprit, mais elle donnait l'image d'une dame admirable. Sans doute aurait-elle un sourire de sympathie en prenant connaissance des élucubrations de Marie à son propos. Il était probable qu'elle tenterait de réconforter Diane en essayant de lui expliquer les raisons pour lesquelles sa sœur avait formulé, dans ses lettres, de telles stupidités.

— Ça vous paraîtra sans doute bizarre, dit Diane, mais, dans l'une de ses lettres, Marie écrit que vous lui avez enseigné à écouter parler les roses.

À son grand étonnement, Zeynep Hanim ne parut pas le moins du monde surprise.

Ce que Diane souhaitait entendre, c'était que l'idée d'écouter les roses n'était rien d'autre qu'un jeu entre elle et Marie. Ou que les histoires qu'elle racontait dans ses lettres n'étaient que l'expression de son imagination débordante. Voilà le genre d'explication qu'espérait Diane, car elle aurait ressenti un profond malaise à se trouver devant une personne qui aurait admis qu'elle montrait aux gens comment on peut écouter les roses.

— C'est vraiment ce qu'elle a écrit ? répondit-elle finalement. Incroyable, n'est-ce pas ?

Diane ne savait trop comment interpréter cette question. Elle était sur le point de répondre : « En effet, c'est absolument incroyable », mais elle se ravisa et décida plutôt de sonder la vieille dame.

— Mais la réalité n'est-elle pas elle aussi incroyable ? Prenons la terre, par exemple. Elle paraît tellement stable sous nos pas, mais, en même temps, elle tourne plus vite que le plus rapide des supersoniques.

Zeynep Hanim demeura silencieuse. Réalisant qu'elle refusait de se compromettre, Diane demanda enfin :

— Avez-vous vraiment appris à Marie le langage des roses ?

La vieille dame but un peu de thé.

— Diane, je veux que tu sois mon invitée jusqu'à ce que Marie soit parmi nous. Dans ma maison, nous accueillons aussi les gens qui n'écoutent pas les roses. Et je suis certaine que tout le monde ici sera honoré de servir la jumelle de Marie.

Diane se demanda si Zeynep Hanim n'essayait pas simplement de protéger Marie. Ou peut-être aimait-elle s'entourer de mystère. Était-il possible qu'il y ait par ailleurs un motif entièrement différent derrière son comportement ?

— Vous êtes gentille, mais je ne peux pas accepter. Cependant, j'aimerais bien demeurer ici jusqu'à l'arrivée de Marie, si vous avez une chambre à louer.

— Je suis désolée, Diane, mais tout est réservé. Je ne puis t'aider que si tu acceptes d'être mon invitée.

Zeynep Hanim fit signe au serveur et lui dit quelques mots en turc avant de se tourner de nouveau vers Diane.

— Tu sembles fourbue, ma chérie. Si tel est ton souhait, quelqu'un peut te mener directement à ta chambre. Et si tu désires quoi que ce soit, tu n'as qu'à appeler la réception. De toute façon, nous nous verrons lorsque Marie arrivera.

Malgré sa gentillesse, Diane sentait bien que Zeynep Hanim était déçue que ce soit elle et non Marie qui ait débarqué à son auberge. Elle songea brièvement à quitter les lieux après lui avoir dit qu'elle ne voulait pas de son hospitalité pour la seule raison qu'elle était la sœur de Marie. Mais elle accepta la proposition.

27

Après une nuit sans rêves, Diane se présenta de bonne heure à la salle à manger pour le petit déjeuner. Elle aperçut aussitôt son hôte seule à une table non loin de la porte.

Diane inspira profondément à la perspective de ce qu'elle était sur le point de faire. Elle allait agir ainsi non pas parce qu'elle croyait aux affabulations de sa sœur ni parce qu'elle souhaitait plaire à la vieille dame. Son seul but était de mieux comprendre comment Marie en était arrivée là.

— Pardonnez-moi. J'espère que je ne vous dérange pas.

— Mais pas du tout, ma chère. J'étais sur le point de partir.

Diane prit une autre profonde inspiration et, sur un ton résolu, dit :

— Je veux que vous m'appreniez ce que vous avez enseigné à Marie.

Zeynep Hanim la dévisagea en silence. C'était comme si son regard plongeait directement en elle, lisant ses pensées et ses sentiments, avant de la laisser de nouveau à elle-même.

— Tu ne veux pas t'asseoir ?

— Donc, vous acceptez ?

— Accepter quoi ?

« Elle fait semblant de ne pas comprendre, pensa Diane. Elle veut paraître encore plus mystérieuse. » Il fallait que Diane la prenne à son propre jeu.

— Je veux que vous m'appreniez le langage des roses, comme vous l'avez montré à Marie.

— Et pourquoi devrais-je le faire ?

— Mais ce doit être une expérience incroyable que d'avoir influencé Marie à ce point !

L'air amène qui ne quittait jamais le visage de Zeynep Hanim, toujours au bord d'un sourire, s'évanouit d'un coup.

— Et crois-tu que le prix à payer en vaille la peine ?

— Quel est ce prix ?

— Je veux que tu te tues.

Diane ne pouvait dire s'il s'agissait d'une blague ou d'un autre élément de l'énigme. Elle éclata de rire et s'attendit à ce que Zeynep Hanim l'imitât. Mais il n'en fut rien.

— C'est ce que vous avez demandé aussi à Marie ?

— Ce n'était pas nécessaire. Elle est ainsi faite qu'elle n'éprouve pas de méfiance quant au fait que les roses soient douées de la parole. Mais toi, Diane, est-ce que tu es ainsi faite ? Crois-tu que tu peux entendre les roses ?

— Pour l'amour du ciel ! Marie n'était qu'une enfant lorsque vous l'avez connue. À cet âge, je croyais à des choses encore plus incroyables que de parler à des roses.

— Par exemple ?

— Comme... Comme... Je croyais que je pouvais faire le tour de la Terre en nageant. Je croyais que je pouvais voler ou parler aux anges... Ma mère me disait que mon père était auprès de Dieu. Alors je m'étais juré que j'allais trouver cet endroit où Dieu vivait, et mon père avec Lui. Et si je n'étais pas en mesure de trouver mon père quelque part dans l'océan, alors j'enfilerais les plus énormes paires d'ailes qu'on puisse trouver et je le chercherais dans le ciel. Et si je ne le trouvais pas, je demanderais à un ange de me mener à lui. Pourquoi ? Parce que j'étais une enfant ! Connaissez-vous la vérité au sujet de mon père ? Savez-vous où il était pendant que je rêvais de toutes ces chevauchées ?

Diane s'arrêta, sur le point d'éclater en sanglots.

— Mais qu'importe. Ça n'a plus d'importance maintenant.

— Et qu'est-il arrivé ?

— Que voulez-vous dire ?

— Quand as-tu cessé de chercher ton père et de rêver qu'un jour tu le reverrais ? Qui t'a dit qu'il n'y avait aucun moyen de le retrouver ?

Diane se leva d'un bond.

— Je suis désolée, j'ai fait erreur. C'est ma faute. Je ne vais plus vous importuner.

— C'est bien ce que je pensais, lança Zeynep Hanim. Diane refuse de mourir, alors elle ne pourra jamais écouter ce que les roses ont à lui dire.

Tournant le dos à son hôtesse, Diane se dirigea vers la porte. Mais elle entendit quand même la question murmurée dans son dos.

— Qui, d'après toi, est le mieux en mesure d'apprécier la vie ?

Diane s'arrêta et attendit la réponse sans se retourner.

— Ceux qui ont connu le goût de la mort.

Diane retourna à la table.

— Je vous en prie. Qu'attendez-vous de moi ?

— Une seule chose : tuer en toi ce qui t'empêche d'entendre les roses. De toucher ainsi la mort te permettra de comprendre leur langage. Si je te le demande, c'est uniquement parce que tu as souhaité que je te l'enseigne.

— Je vais être franche. Si cette chose dont vous parlez – cette prétendue ligne directe avec les roses – est ce que je crois qu'elle est, c'est-à-dire la possibilité physique de les entendre, alors je ne crois pas que ce soit possible. Prétendre le contraire n'éveille pas en moi la moindre curiosité. Mais si, malgré ce que je pense, vous me dites que vous pouvez me l'enseigner, alors, je vous en prie, faites-le.

— Mais il y a certaines conditions.

— Comme ?

— C'est très simple. Tu feras exactement tout ce que je te demanderai. Tu es libre de laisser tomber à n'importe quel moment, mais tant que tu décideras de suivre mes enseignements, tu devras faire tout ce que je t'ordonne. Les cours auront lieu dans le jardin situé à l'arrière de l'hôtel. Aucun retard ne sera toléré. En fait, il est préférable de ne pas t'y présenter plutôt que d'être en retard. Dans le jardin, les ordres du jardinier – les miens, pour être tout à fait claire – ont force de loi. Il y aura en tout quatre séances. Pendant cette période, qu'on peut considérer comme une initiation à l'art d'écouter les roses, il te sera interdit de quitter la pension sans être accompagnée. Je n'ai qu'une seule autre condition : que tu me fournisses un *curriculum vitæ* vierge.

— Un *curriculum vitæ* vierge ?

— Naturellement, ton profil est celui d'une jeune fille qui est née à un moment précis, dans un lieu précis et dans un environnement social particulier. Si tu étais née à San Francisco dans un avenir lointain ou si tu avais grandi au milieu de Peaux-Rouges il y a quelques siècles ou si tu vivais de nos jours dans une île au milieu du Pacifique, ta vie aurait été complètement différente. Il est probable, sinon certain, que ta perception et ta compréhension de l'existence auraient été tout à fait différentes de ce qu'elles sont aujourd'hui, dans la situation qui est la tienne. Les *curriculum vitæ* sont des choses toutes relatives. Mais la capacité d'entendre le langage des roses réside dans une partie de nous-même qui ne connaît pas de limites de temps, de lieu ou d'environnement social. Voilà pourquoi il te faut éliminer tous les éléments de ta formation, qu'il s'agisse de ton éducation, de tes expériences passées ou, en particulier, de tes références culturelles. Si ces choses étaient de quelque utilité dans une roseraie, les botanistes n'auraient aucune difficulté à écouter les roses. Tout ce que tu as appris jusqu'à maintenant ne sera pour toi ici qu'un fardeau. Un lourd fardeau.

Tout à coup, Diane se mit à fixer Zeynep Hanim comme si elle venait de se rappeler quelque chose.

— Et l'eau n'alourdira pas mon fardeau, c'est bien ça ?

— Tout à fait. D'où tiens-tu cela ?

— D'après Marie, ma mère lui a dit à peu près la même chose en rêve. Par la suite, elle a constaté qu'une bonne partie de ce qu'elle avait vu en rêve s'était réalisée.

— C'est bien normal. Les rêves sont le levain de la réalité.

Peu disposée à s'étendre sur les rêves de Marie, Diane changea de sujet.

— Alors, nous parlions de conditions... Admettons que je les accepte toutes...

— Alors, quel que soit ton désir en pénétrant dans le jardin, il sera comblé. Ce qui importe n'est pas ce qu'on y fait, mais la raison pour laquelle on le fait. Si tu souhaites apprendre le langage des roses simplement pour te distinguer des autres, je crains que tu n'y gagnes qu'un peu de vanité. Si ton intention est d'écouter les roses, alors tu entendras leur voix. Si par ailleurs tu es simplement à la recherche d'une expérience nouvelle, cela aussi est possible. Mais tu en feras les frais.

Cela devenait franchement comique. Cette vieille dame qui, jusqu'à tout récemment, lui avait paru d'un naturel plaisant, était soudainement devenue une espèce de monstre ne tolérant aucune faute, un général martelant des ordres à son aide de camp avec une gravité que ne justifiait pas le sujet en cause.

— Une chose m'intrigue, dit Diane. Qu'on y croie ou non, l'idée d'écouter les roses semble de prime abord assez extraordinaire. Mais les conditions que vous y mettez, l'approche avec laquelle vous abordez ces choses, enfin... Ne le prenez pas mal, mais tout cela paraît... comment dire... rigide et limité.

— Les nuages, la pluie, l'eau ; tout cela aussi est extraordinaire. Mais, pour apaiser sa soif, il faut enfermer un liquide dans un verre.

Diane demeura un moment silencieuse avant de demander :

— Vous avez bien dit quatre séances seulement ?

— Seulement quatre.

— Bon. D'accord.

Zeynep Hanim se leva.

— La première leçon aura lieu demain matin à 6 h 11. Le sujet en sera : la mathématique de l'écoute des roses. Tes ouvrages d'algèbre ou de géométrie ne te seront d'aucune utilité. N'apporte rien de la sorte. Sois seulement à l'heure dite sur l'un des bancs à l'entrée du jardin.

Diane signifia son accord d'un signe de tête.

— Accordons nos montres, ordonna Zeynep Hanim. Oh ! j'allais oublier ! Si tu réussis à entendre une rose à la fin de nos séances, tu auras droit à une récompense.

— Vous croyez vraiment que ça puisse arriver ? Votre confiance m'honore.

— Tant que tu auras confiance en toi-même, j'aurai confiance aussi.

— Et quelle est cette récompense ?

— Un proverbe qui a traversé les siècles.

— Et si j'échoue ? N'y a-t-il pas une peine prévue ?

— Le silence des roses, répondit Zeynep Hanim, est un châtiment bien assez lourd.

28

Diane s'assit sur l'un des bancs, cinq minutes avant l'heure dite. La clôture de bois délimitant le jardin était plus grande qu'elle, l'empêchant de voir au-delà. En comparaison, la porte donnant accès au jardin était singulièrement basse.

Ses yeux demeuraient fixés sur la grande aiguille de sa montre, son esprit occupé à spéculer sur ce que pouvait bien signifier cette mathématique de l'écoute des roses. Aussi loin que pouvaient la mener les contorsions de son imagination, elle ne parvenait en aucune manière à soupçonner le contenu de cette étrange leçon de mathématique qu'elle s'apprêtait à suivre.

Au moment même où la grande aiguille toucha la onzième minute de l'heure, elle entendit derrière elle la voix de Zeynep Hanim :

— Ce n'est pas une chose que la raison peut comprendre.

Diane sourit pour dissimuler sa surprise. Malgré les apparences, elle ne croyait pas que la vieille dame ait pu lire dans ses pensées. À quoi d'autre que cette leçon son esprit pouvait-il s'occuper, à une heure aussi matinale, dans l'attente qu'on lui enseigne le langage des roses ?

— Si c'est une chose que ma raison ne peut pas comprendre, alors dites-moi de quoi il s'agit.

— Tu as déjà bu de la tequila ? s'enquit Zeynep Hanim.

— Bien sûr. Pourquoi ?

— Moi non. Mais je me demandais si tu pouvais m'expliquer le goût de cet alcool... Je te propose un marché. Si tu peux me décrire le goût de la tequila, je te décrirai à mon tour ce qu'on ressent lorsqu'on écoute une rose.

— Très bien, répondit Diane. La tequila... Eh bien, la tequila... a un goût... euh... amer. Assez... très fort... un goût... euh... tranchant... C'est comme...

Zeynep Hanim fronça le nez.

— Pouah ! Je sens ce goût amer et tranchant dans ma bouche. Je remercie le ciel de n'y avoir jamais touché.

— D'accord, d'accord. Vous avez gagné.

— Mais laissons là le goût de la tequila et le langage des roses. Avant d'entrer dans le jardin, finissons-en tout de suite avec cette leçon de mathématique. Tu veux bien ?

— J'écoute.

— Qu'on croie ou non que les roses ont un langage distinct, la mathématique de l'écoute des roses est utile à chacun. L'équation qui l'illustre s'applique en effet à toute question offrant d'innombrables possibilités de réponses, mais à laquelle seuls les sens sont en mesure de répondre. Par exemple, qu'arrive-t-il après la mort ?

Elle marqua une pause.

— Avant de tenter de répondre à une question comme celle-là, il faut toujours garder à l'esprit l'équation suivante : un divisé par l'infini ($1/\infty$). J'y reviendrai dans une minute. Mais, d'abord, dis-moi si tu peux entendre le chant des roses pendant que nous parlons ?

— Vous savez parfaitement que je n'entends rien de semblable.

— Est-ce que tu reconnais la mélodie qu'elles chantent ?

— Je vous l'ai dit : je n'entends absolument rien.

— Allons, essaie seulement de deviner. Peut-être tomberas-tu sur la bonne réponse.

Comprenant que Zeynep Hanim n'allait pas lâcher le morceau, elle décida de jouer le jeu.

— Très bien. Elles chantent *Purple Rain*.

— Tu crois avoir deviné juste ?

— Bien sûr que non.

— Alors je te donne une autre chance. Essaie de nouveau.

— D'accord. *Morning Has Broken*, de Cat Stevens.

— Et cette fois ? Tu as la bonne réponse, tu crois ?

— Puis-je savoir où vous voulez en venir ?

— Essayons un peu d'éprouver tes connaissances en statistiques. Dis-moi quelles sont les chances que tu puisses jamais deviner la bonne réponse ?

— À peu près nulles.

— Vrai. Si l'on songe aux millions de chansons écrites depuis la nuit des temps, dans des centaines de langues, par des millions de compositeurs, le nombre de possibilités se chiffre par trillions. Et si l'on ajoute à ce nombre les chansons qui n'ont pas encore été écrites mais que les roses connaissent, alors on peut affirmer qu'il y a un nombre infini de réponses possibles. En ce cas, la probabilité d'arriver à la chanson exacte est : un divisé par l'infini. Voilà l'équation qu'il faut connaître avant d'apprendre le langage des roses. Alors, quel est le résultat de un divisé par l'infini ?

— Zéro, si je me souviens bien.

— Bonne réponse. Mais s'il s'agissait du zéro absolu, cela voudrait dire qu'il n'existe absolument aucune chance qu'on puisse savoir quelle chanson les roses chantaient. Donc, un divisé par l'infini équivaut à un zéro particulier.

— Un zéro particulier ?

— Je ne doute pas que ta connaissance des mathématiques soit supérieure à la mienne. Mais je voudrais quand même examiner brièvement avec toi la valeur mathématique de cette équation. Prenons n'importe quelle équation : un divisé par n'importe quoi... Plus le nombre par lequel on divise un est élevé, plus il y aura de zéros précédant le premier chiffre dans la réponse à l'équation. Si l'on divise un par l'infini, la réponse comprendra donc un nombre infini de zéros. Zéro virgule zéro, zéro et ainsi de suite jusqu'à l'infini. Mais, même si nous ne le voyons pas, il y aura toujours un chiffre tout à l'extrémité de la réponse. Donc la réponse est zéro, bien sûr. Mais il s'agit d'un zéro particulier, puisqu'il se termine par un chiffre, même si celui-ci est dissimulé dans l'infini. Cette équation nous dit une chose très importante : si la probabilité de deviner de quelle chanson il s'agit est équivalente à zéro, il n'en demeure pas moins qu'il n'est pas impossible de trouver la bonne réponse. Lorsque je t'ai demandé tout à l'heure de me dire le titre de la mélodie chantée par les roses, tu m'as donné la meilleure réponse possible en me disant que tu l'ignorais. Pourquoi ? Parce que tu savais qu'il t'était impossible de trouver la bonne réponse. Tu avais compris qu'il était inutile d'essayer de répondre à une question offrant d'innombrables possibilités de réponses et devant laquelle les cinq sens sont impuissants. On ne peut arriver au chant véritable des roses par les seules supputations de l'intellect, mais uniquement si l'on devient un *témoin*. Il faut d'abord comprendre que c'est par le cœur et non par la perception de l'ouïe qu'on peut entendre les roses. À la naissance, chacun porte cette disposition dans son cœur. Mais, avec le temps, le cœur s'affadit. Si l'on veut être témoin du chant des roses, il faut d'abord recouvrer cette aptitude qui s'étiole à mesure qu'on apprend à devenir une grande personne. Et cela n'est possible qu'en maintenant un intérêt constant pour les roses et en se souciant d'elles. Il est bien possible que tu n'entendes pas les roses lors de ta première visite au jardin. Mais il ne faut pas perdre espoir.

Elle marqua une pause avant de reprendre ;

— D'abord et avant tout, il te faut savoir que le doute et toute autre forme de pensée ou de sentiment négatifs sont des ennemis dans la roseraie. Imagine une montagne… À son sommet, la vue est magnifique. C'est l'objectif auquel tu aspires, mais il te semble si loin que tu désespères de jamais y parvenir. Alors tu renonces en te disant que tu n'y arriveras pas. La vérité, c'est que les pas de ceux qui ont atteint ce sommet n'étaient pas plus grands que les tiens. Ils ont simplement mis un pied devant l'autre, à leur propre rythme. L'impossible n'est pas le fruit du miracle mais de la persévérance. C'est ainsi que l'eau mine les rochers ; c'est ainsi qu'au XXIe siècle on entend les roses chanter. Si tu crois qu'il t'est possible de les entendre, alors, tôt ou tard, tu y parviendras. Cela se peut parce qu'il y a toujours un chiffre après les zéros. Et si tu suis la voie du néant jusqu'à l'infini, tu atteindras ce chiffre.

— Et si les roses ne parlaient pas du tout ? s'enquit Diane. Si elles ne chantaient pas de chansons ? De quel ordre est cette probabilité ? Eh bien, je vais vous le dire ! Si le nombre de chansons chantées par les roses est zéro, alors l'équation est la suivante : zéro divisé par l'infini. Et la réponse est zéro. Et, cette fois, nous ne parlons pas d'un zéro particulier, mais d'un simple, d'un vrai, d'un gros zéro. Ce qui signifie qu'il y a zéro chant et zéro possibilité d'entendre quelque chant que ce soit.

— Vrai, concéda Zeynep Hanim. Il y a deux voies. L'une commence et se termine ici et maintenant ; l'autre s'étend jusqu'à l'infini. En répondant à la question : « Est-ce que je peux écouter des roses ? », tu choisis l'une de ces deux voies. Il y a seulement deux réponses possibles à cette question : oui ou non. Il n'y a pas d'option intermédiaire. Pour ceux qui disent oui, la solution de l'équation est un zéro particulier. Pour ceux qui disent non, c'est, comme tu viens de l'expliquer, un simple zéro. Voilà pourquoi il n'existe aucune possibilité, pour ceux qui répondent non, d'entendre un jour une rose chanter. De toute façon, tel n'est pas leur but. Ces gens-là se contentent des fréquences sonores captées par l'oreille. Tout ce qui dépasse leur ouïe ne présente aucun intérêt pour eux.

— Mais qui peut décider quelle réponse est la bonne ?

— Cela n'a aucune importance, Diane. Ce qui importe, c'est ce en quoi *tu* crois. Tu n'as qu'à te poser la question : « Qu'ai-je envie de croire ? » C'est aussi simple que cela. Si tu crois que tu ne peux pas entendre chanter les roses, alors très bien. Personne ne peut t'en blâmer. Pour que la foi existe, il faut aussi qu'il y ait le doute. Le jour existe parce qu'il y a la nuit. Est-ce que le jour est plus beau que la nuit ? Ce n'est pas ce que tu dois te demander, mais plutôt lequel tu préfères. La question que tu dois te poser est simple : « Est-ce que je crois que je peux écouter les roses ? » Il faut que tu te poses cette question. Car si tu es certaine que la réponse est non, alors ce n'est même pas la peine de mettre les pieds dans ce jardin. Tu t'épargneras ainsi les difficultés, les déceptions et les échecs qui t'y guettent. Pour commencer, tu n'auras pas à m'écouter. Tu ne seras pas obligée de passer des jours, des mois, des années peut-être, au pied d'une rose, à attendre qu'elle te parle. Tout sera bien plus facile, bien plus confortable. Par exemple, plutôt que de te lever de si bon matin pour te rendre au jardin, tu pourras passer toute la journée au lit. Ne crois-tu pas que ce serait beaucoup mieux comme ça ?

Zeynep Hanim se tut un moment avant d'ajouter :

— En fait, tout cela dépend de ce que tu crois : est-ce que tu penses ou non pouvoir écouter les roses ? Imagine simplement ce qui serait le plus agréable pour quelqu'un qui croit qu'on puisse entendre les roses : dormir tout le jour ou se réveiller dans l'espoir de les entendre chanter ? Alors, Diane ? Es-tu de celles qui disent : « Oui, je peux entendre les roses ? »

Zeynep Hanim attendit quelques instants une réponse qui ne vint pas.

— J'en étais certaine. La réponse que tu viens de me donner tient précisément à la raison pour laquelle tu es ici.

— Mais je n'ai pas répondu.

— J'ai entendu ce que j'avais besoin d'entendre. Le silence est parfois plus éloquent que mille serments clamés haut et fort.

Diane demeura silencieuse.

— Cependant, il ne suffit pas de croire que les roses chantent pour connaître leur chant. Il n'y a que deux façons d'y parvenir : en l'écoutant toi-même ou en l'apprenant de quelqu'un qui le sait. Il est préférable, toutefois, que tu l'entendes toi-même. Les roses ont une voix divine. Elles te tirent hors de toi-même, te transportent dans un autre monde et te ramènent auréolée de leur parfum. Ce parfum ne vient pas des roses mais de l'intérieur de toi. C'est à ce moment que tu comprends finalement ce que veut dire « être responsable de sa rooc ».

— Un instant, s'écria Diane. C'est l'expression qu'a employée Marie dans sa lettre d'adieu à son père. Elle a écrit qu'elle s'en allait parce qu'elle avait enfin compris ce que signifiait « être responsable d'une rose ». Elle songeait sans doute à venir vous rejoindre lorsqu'elle a écrit cette lettre. Voilà pourquoi elle est partie.

— Je ne crois pas. Elle savait qu'elle n'avait nul besoin de quitter son foyer, même pour l'amour de la roseraie.

Pendant un moment, Diane demeura assise, perdue dans ses pensées.

— Dans ses lettres, poursuivit-elle, Marie vous décrit comme « Quelqu'un-qui-sait ». Mais il y a une chose qui m'intrigue. Une chose qui va aussi au-delà des cinq sens, mais qui n'a rien à voir avec les roses...

— Tu parles de ta mère, n'est-ce pas ?

— Comment le savez-vous ?

— Marie avait les mêmes préoccupations. Fais comme elle. Pendant son séjour ici, elle ne cessait d'implorer Dieu de lui donner des nouvelles de sa mère. Dieu seul sait où elle est. Demande-Lui et Il te répondra. N'oublie jamais que, même si tu n'entends pas Dieu, Lui t'entend.

Elle vit poindre le doute dans les yeux de Diane.

— Dieu ne laisse personne sans réponse, reprit Zeynep Hanim. Surtout ceux qui mettent tout leur cœur à rechercher leur mère. Dieu, dans sa magnanimité, ne permettrait pas que Ses créatures croupissent dans l'ignorance. Certains croient que Sa magnificence l'empêche d'intervenir dans notre vie quotidienne. Au contraire, c'est précisément en raison de Sa magnificence qu'Il se préoccupe de nos moindres soucis.

Les yeux de Zeynep Hanim se mirent à briller.

— Il s'intéresse à nous, Diane. N'en doute pas. Et de la meilleure façon possible. Il s'intéresse à Diane, à Marie, à Zeynep. À chacune d'entre nous, personnellement. Il est toujours à nos côtés, mais, pour sentir Sa présence, il faut que nous aussi soyons avec Lui. Marie sentait que Dieu prenait soin d'elle. Voilà pourquoi elle Lui posait des questions au sujet de sa mère.

— Moi aussi, j'ai souvent demandé à Dieu des nouvelles de ma mère, intervint Diane. Je L'ai imploré, mais je n'ai pas obtenu de réponse. Je suis désolée, mais Dieu ne m'a pas répondu.

— Je suis certaine qu'Il l'a fait. Mais il Lui arrive de transmettre ses messages de manière inattendue : ici un rêve, là une rose, parfois une mère ou même un clochard.

— Un clochard ?!

— Est-ce que j'ai dit quelque chose de mal, ma chérie ?

Diane ne savait que répondre. Elle préférait croire à une coïncidence. Cherchant à dissimuler son trouble, elle fit signe à Zeynep Hanim de poursuivre.

— Tout comme toi, Marie n'a toujours pas reçu de nouvelles de sa mère. Mais ce n'est qu'une question de temps. Et je ne parle pas du fait qu'elle l'ait perdue, mais du fait qu'elle ne la perdra jamais.

— Et comment cela arrivera-t-il ? demanda Diane, la voix brisée.

— Si telle est la volonté de Dieu, tout peut arriver. Si Dieu en décide ainsi, à seule fin que Marie puisse obtenir des nouvelles de sa mère, Il peut décréter qu'il y a soixante-sept ans un homme et une femme tombent amoureux. Ils se marient et, deux ans plus tard, leur petite fille vient au monde. Même si le médecin leur assure que cette enfant prématurée ne survivra pas, non seulement demeure-t-elle en vie, mais elle respire la santé à mesure que le temps passe... Bien des années plus tard, devenue femme, elle rencontre un vieux jardinier au cours d'un de ses nombreux voyages de par le monde. Ce jardinier lui assure qu'il peut lui enseigner l'art d'écouter les roses. Elle le croit. Et, au cours des vingt années suivantes, elle se consacre tout entière à cet art. Durant cette longue période, elle subit de nombreux tourments. En raison de sa « démence », son mari l'abandonne, son entourage la fuit et elle doit se résoudre à quitter la ville où elle vit pour finalement aboutir ici, à Istanbul. Elle achète une maison avec un jardin et passe tout son temps au milieu des roses. Et, en très peu de temps, les graines semées dans son cœur par le vieux jardinier portent leurs fruits et elle finit par entendre la voix des roses. Tu sais, Diane, pourquoi tous ces événements et beaucoup d'autres qui y sont reliés ont pu se produire ? Tout simplement parce qu'il était dans les plans de Dieu que Marie entende la voix de sa mère par le truchement d'une rose. C'est pour cette raison qu'une Zeynep est née, qu'un jardin a fleuri et qu'une rose s'est épanouie...

Même si Diane appréciait l'éloquence de Zeynep Hanim, fondée sur l'hypothèse que Marie pouvait entendre la voix de sa mère, les paroles de la vieille dame ne réussirent pas à la réconforter.

— Très bien, conclut Zeynep Hanim. Voilà pour les mathématiques et l'introduction. Prenons une pause d'une demi-heure. J'ai parlé trop longtemps et ma voix est tout enrouée. Reposons-nous un peu et retrouvons-nous ici dans trente-trois minutes.

— D'accord. Mais avant, j'aurais une question à poser : qu'est-ce que les roses chantaient ?

— Je ne peux te le dire, répondit Zeynep Hanim. Si je le faisais, tu ne fournirais pas les efforts nécessaires pour entendre.

29

Lorsqu'elles furent revenues sur leur banc, Zeynep Hanim dit :

— Maintenant, Diane, j'aimerais que tu te rendes à la fontaine là-bas, que tu te laves les cheveux comme il faut et que tu reviennes ici.

— Mais je viens tout juste de les laver, s'étonna Diane.

— Je sais. Maintenant, je t'en prie, va et fais ce que je te dis.

Dans un haussement d'épaules, Diane se leva et se dirigea vers la fontaine. L'eau était glaciale et éclaboussait ses vêtements. Tout en frissonnant dans la fraîcheur du petit matin, la pensée qu'elle aurait pu débarquer là en plein hiver la réconforta quelque peu. Après avoir essoré et sommairement repeigné ses cheveux avec ses doigts, elle retourna s'asseoir comme une écolière soumise.

— Maintenant, Diane, j'aimerais que tu te rendes à la fontaine là-bas, que tu te laves les cheveux comme il faut et que tu reviennes ici.

Pendant un moment, Diane eut l'impression de vivre un moment de déjà-vu. Non seulement les mots étaient les mêmes, mais l'expression sur le visage de Zeynep Hanim était elle aussi identique. Diane resta collée à son siège pendant une bonne minute sans rien dire.

Au bout du compte, incapable de soutenir plus longtemps le regard sévère de la vieille dame, elle retourna à la fontaine et entreprit à nouveau de se laver les cheveux. Comme elle revenait vers le banc, elle envisagea avec appréhension la possibilité que Zeynep Hanim lui demande encore une fois de répéter son geste.

— Voilà qui est fait. Nous pouvons commencer. Oh ! avant que j'oublie, si cette séance se déroule bien, j'aurai une surprise pour toi à notre prochain rendez-vous !

— Quel genre de surprise ?

— N'ai-je pas dit qu'il s'agissait d'une surprise ?

— Je vois... À propos, aurai-je le droit de poser des questions, une fois dans le jardin ?

— Bien sûr. Je dois toutefois te prévenir que, pour atteindre ton objectif, il n'est pas nécessaire que tu comprennes la raison de tout ce que nous allons y faire. Si tu n'oublies pas les expériences que tu vas vivre ici, tôt ou tard, tu trouveras la réponse à chacune de tes questions. Une fois dans la roseraie, tu seras à la fois l'élève et le maître. Tu possèdes déjà toutes les réponses. Comme je te l'ai dit plus tôt, tu as déjà eu cette capacité d'entendre les roses. Si je suis ici, c'est uniquement pour te rappeler ce que tu as oublié. C'est tout. Entendre les roses est facile. Très facile. Tout ce que tu as à faire, c'est de te rappeler ce que tu as oublié ou encore d'oublier tout ce qu'on t'a appris.

— Mais j'aimerais quand même savoir pourquoi je dois avoir les cheveux mouillés.

— Dans le jardin, chaque question est une semence. À son heure, elle produit des racines, des tiges et des bourgeons qui à la fin fleurissent. Crois-moi, jamais de ta vie tu n'oublieras ce matin où tu as dû, à deux reprises, laver tes cheveux déjà propres. Une fois qu'on a vécu une chose, rien ne peut plus être comme si on ne l'avait pas vécue. Et de l'avoir vécue te donnera, tôt ou tard, la réponse que tu cherches. Mais, pour l'instant, je vais répondre à la question que tu viens tout juste de poser... Je voulais que tu te nettoies la tête parce que cette tête était celle de Diane.

— Mais je *suis* Diane !

— Ne sommes-nous pas convenues d'effacer tout ce que tu as appris ?

— En ce cas, pourquoi fallait-il le faire deux fois ?

— La première fois, tu t'es libérée de la coiffure de Diane. Mais la disposition d'esprit qui avait donné cette forme à tes cheveux demeurait la même.

— Alors, si j'ai bien compris, en me lavant les cheveux une seconde fois, j'ai cessé de penser comme Diane. C'est bien ce que vous vouliez dire ? demanda Diane, un sourire en coin. Je ne voudrais pas me faire juge, mais il me semble que tout ça fait un peu simpliste.

— Tu as raison. On ne se nettoie pas l'esprit à l'eau d'une fontaine. Mais il s'agit d'un symbole. Un symbole qui pour l'instant n'éveille rien en toi. Mais si tu acceptes de ne pas l'ignorer, un jour il te parlera, comme une empreinte dans ton cœur qui, le moment venu, se révélera à toi.

— Et quand ce moment viendra-t-il ?

— Peut-être le jour où tu comprendras finalement que tout ce que tu sais ne t'est plus d'aucune utilité. Ou peut-être lorsque tu comprendras que la conscience est une échelle et que, pour arriver à son sommet, tu ne peux pas remettre les pieds sur les barreaux que tu viens de franchir.

Impatiente de pénétrer dans la roseraie, Diane renonça à poser d'autres questions.

30

Bien qu'elle eût penché la tête, Diane ne put éviter de heurter le linteau de la porte. Tout au moins y avait-il un jardin de l'autre côté.

Un léger voile de brouillard, d'où émanaient d'éclatantes touches de rose dans le matin naissant, couvrait l'ensemble du jardin, l'auréolant de mystère sans pour autant dissimuler les couleurs de l'arc-en-ciel perçant çà et là. Un étroit sentier fait de dalles hexagonales serpentait entre les buissons de roses. Une légère brise les berçait, en harmonie avec les rossignols voletant tout autour.

Un étrange silence régnait, brisé seulement par le chant des oiseaux et le doux murmure de l'eau ruisselant dans le bassin de marbre.

Diane s'arrêta un moment, les yeux mi-clos, respirant le parfum qui flottait dans l'air. À chaque inspiration, elle avait l'impression de s'approcher de quelque palais céleste. Mais elle replongea dans la réalité lorsque Zeynep Hanim enleva ses chaussures et frotta ses pieds nus contre la terre.

— Allons, ma chérie, fais comme moi.

De la même façon qu'elle s'était dirigée vers la fontaine un peu plus tôt, Diane enleva ses chaussures et obéit.

— Les roses n'oublient jamais, pas même un instant, qu'elles doivent leur existence à la terre. Elles sont parfaitement conscientes que, le moment venu, elles se flétriront et retourneront à la terre pour la féconder et que les semences qu'acceptera la terre seront celles qui n'ont pas oublié d'où elles viennent. En touchant la terre de nos pieds nus, nous faisons comprendre aux roses que, nous non plus, nous n'avons pas oublié la terre. Les roses l'apprécient.

Zeynep Hanim remit ses sandales.

— Tout ce dont nous avons parlé jusqu'à maintenant n'était qu'un prélude au voyage qui nous mènera vers le langage des roses. Nous n'avons parlé que de nous, de notre quête. Mais, dans le jardin, celui qui cherche n'existe plus. Il doit s'effacer entièrement au profit des roses. Il doit leur donner tout ce qu'il possède : son esprit, son cœur, son âme... Tout. Si tu es prête, nous pouvons commencer.

Diane opina d'un signe de tête.

— Très bien. Que sais-tu des roses ? demanda Zeynep Hanim.

— Rien. De votre point de vue, je n'en sais absolument rien.

— Excellent. C'est le meilleur départ possible. Je vais maintenant t'enseigner la règle d'or qu'il faut observer pour écouter les roses.

— La règle d'or ?

— La règle d'or dit : tu dois découvrir ta rose.

Zeynep Hanim caressa délicatement, sur sa gauche, les pétales d'une rose orangée avant de poursuivre :

— Seule une rose peut nous instruire sur une rose. Il n'y a pas d'autre façon de la découvrir.

Elles commencèrent à déambuler vers le centre de la roseraie. Soudain, Zeynep Hanim s'arrêta et se pencha vers une rose jaune qui se trouvait en face d'elle.

— Qu'est-ce qui ne va pas, Jaune Fleur ? C'est la première fois que je te vois pleurer. Pourquoi ces larmes dans le jardin du bonheur ?

Diane surveillait la scène avec beaucoup d'attention. La rose n'émettait pas un son, mais Zeynep Hanim n'en semblait pas moins l'écouter attentivement, hochant la tête de temps à autre, comme pour marquer son accord.

— Je suis désolée, Jaune Fleur, mais je n'en ai aucune idée, dit-elle à la rose. Si notre invitée y consent, j'aimerais entendre ton histoire depuis le début.

Se tournant vers Diane, elle expliqua :

— Jaune Fleur ne va pas bien aujourd'hui. Voudrais-tu rester un petit moment et écouter ce qu'elle a à dire ?

— Où voulez-vous en venir ? Vous savez très bien que je suis incapable de l'entendre.

— Peut-être, mais elle peut t'entendre. Alors, tu veux bien rester ?

— Je vais me sentir un peu bizarre, mais d'accord.

Diane s'assit par terre, à l'endroit indiqué par Zeynep Hanim, repliant ses jambes sous elle. Que lui importait de souiller son pantalon blanc, du moment qu'elle pouvait offrir un peu de réconfort à une rose en détresse !

— Je vais maintenant partager avec toi les propos de Jaune Fleur à mesure qu'elle me les confiera, expliqua Zeynep Hanim.

Puis, se tournant vers la rose :

— Voici Diane, la jumelle de Marie.

— Enchantée, Diane, répondit Jaune Fleur par l'intermédiaire de Zeynep Hanim. J'aurais vraiment cru que c'était Marie, si le rossignol jaune ne m'avait informée du contraire.

— Je suis enchantée aussi, déclara Diane, comme se parlant à elle-même.

— Dis-nous ce qui ne va pas, reprit Zeynep Hanim à l'intention de Jaune Fleur avant de répéter à Diane les paroles de la rose. Je vous demande pardon. Je sais que, dans ce jardin, vous ne voyez que des roses heureuses. Mais, aujourd'hui, c'est l'anniversaire du jour où ma vieille amie Vénus a perdu son parfum et cela me rend triste. Chaque année, c'est la même chose. Je suis tellement désolée...

— Ne t'en fais pas, Jaune Fleur. Il arrive que les larmes versées pour un ami soient la meilleure expression possible du bonheur... Mais, dis-moi, comment est-ce arrivé ? Jamais je n'aurais pensé qu'une de tes amies puisse être ainsi délestée de son parfum.

— Il faut d'abord que je vous parle, expliqua Jaune Fleur, de la première de toutes les roses parfumées, celle dont notre espèce est issue, puisque cette histoire est étroitement liée à la tragédie de Vénus... Un jour, notre vénéré sultan, formant le projet de créer une rose imprégnée de sa propre odeur, aspergea de parfum royal le sol de son jardin. Un peu plus tard, il arrosa le jardin d'un élixir de vie afin que sa rose ne se fane jamais. Et lorsqu'elle s'épanouit enfin, il la nomma Rose du néant. Notre sultan lui donna ce nom en toute connaissance de cause, afin que la rose n'oublie jamais que son parfum ne lui appartenait pas en propre, mais qu'il était celui du sultan. Car là d'où je viens, une rose n'est une rose que par la vertu de son parfum. Quelque temps après, le sultan voulut que son parfum soit connu de tous et permit que sa rose soit cultivée hors des limites des jardins impériaux. N'étant plus irriguée par l'élixir de vie, la rose allait inévitablement se faner un jour, mais pas avant que sa progéniture répande son parfum aux quatre coins du royaume. Vénus et moi sommes les descendantes de cette rose. Nous avons été plantées sur une place, dans un petit village. Nous avons fleuri dans le seul but de faire respirer à chacun l'odeur du sultan et ne souhaitions donc être aimées que pour le parfum que nous dégagions. Deux catégories de personnes peuplaient notre village : « Ceux-comme-Marie » et « les autres ». Ceux-comme-Marie étaient sensibles à l'odeur du sultan et s'attachaient plus à notre parfum qu'à quoi que ce soit d'autre. À l'inverse, les autres n'en avaient que pour notre couleur, nos tiges, nos pétales, tout ce qui n'était visible que pour les yeux. Un jour, un marchand arriva au village pour y vendre des roses artificielles. Des roses contrefaites, inanimées, inodores... Jamais nous n'aurions imaginé qu'elles puissent éveiller quelque intérêt pour qui que ce soit. Mais, rapidement, les autres ont commencé à murmurer : « Que voilà de jolies roses. Leurs pétales sont de soie, leurs couleurs ne perdent jamais de leur éclat et, surtout, leurs tiges n'ont pas d'épines. » En peu de temps, le marchand vendit beaucoup de ces « roses » et notre village devint la « commune des roses artificielles ». Ceux-comme-Marie ne purent le supporter et quittèrent peu à peu le village. À la fin, il ne nous resta plus à Vénus et à moi que deux choses : le besoin d'être aimées et les autres. À l'époque, nous ne pouvions encore soupçonner l'ampleur du désastre qui allait suivre. Peu après que Ceux-comme-Marie eurent entièrement déserté le village, nous commençâmes à nous métamorphoser et à ressembler aux « roses » que les autres chérissaient, dans l'espoir d'être aimées d'eux. Et parce qu'ils n'attachaient d'importance qu'à nos attributs extérieurs, nous en sommes venues à nous préoccuper uniquement de notre apparence. Nous nous efforcions de nous tenir droites, à la façon des roses artificielles, et nous tentions, chaque saison, de retarder la chute de nos feuilles. Nous avions aussi renoncé à pleurer dans les moments d'émotion afin que nos pétales ne se flétrissent pas. Et, bientôt, à cause de notre négligence à le retenir, notre parfum commença à s'épuiser. Étape par étape, nous nous sommes modelées de manière à répondre aux attentes des autres. Petit à petit, nous avons modifié nos couleurs. Les autres disaient : « Grandissez ! » Alors nous avons grandi. Ils disaient : « Orientez-vous dans telle ou telle direction. » Et nous l'avons fait, dans une hâte silencieuse. Ils nous façonnaient selon leur gré et nous couvraient ensuite d'éloges.

Jaune Fleur marqua une pause avant de poursuivre :

— Mais, en dépit de cela, nous sentions bien au fond de nous-mêmes que nous n'étions pas aimées. Seuls ceux qui étaient sensibles au parfum étaient vraiment en mesure de nous aimer. Parce que c'est son parfum qui fait qu'une rose est une rose. Tout ce que les autres pouvaient nous offrir n'était, au mieux, que de l'admiration. Je me rendais parfaitement compte de cela, mais Vénus agissait de façon tout à fait inconsciente. J'ai alors tenté de la prévenir. Je lui disais que les Autres étaient des vers invisibles qui s'étaient infiltrés dans notre lit d'incarnate allégresse afin de détruire nos vies. « Nous devons nous enfuir sans délai dans un lieu où habitent Ceux-comme-Marie », lui dis-je. Elle n'accorda aucune attention à mes paroles. « Tu n'es pas normale », affirma-t-elle. Je ne peux pas lui donner tort : il y avait désormais tellement de fleurs artificielles dans notre village que les roses sans parfum étaient devenues la norme. Alors même que je tentais de la persuader, une armée de fourmis formèrent ces mots sur le sol : « Résistez aux autres qui vous arrachent à vous-mêmes. » Vénus leur jeta un regard méprisant et grommela : « Ces maudites fourmis sont partout. » À la fin, je dus me résigner : je ne pouvais plus être d'aucun secours à Vénus. Je décidai donc de sauver mes pétales, pour ainsi dire. Il fallait que je quitte le village le plus tôt possible, mais je n'avais aucune idée de la façon dont j'allais m'y prendre. Comme vous le savez, nous n'avons pas de jambes. Il me fallut donc attendre qu'un passant qui croiserait ma route accepte de me déraciner et de m'emmener avec lui. Mon vœu fut finalement exaucé. Un homme de forte carrure, un frêle enfant et un âne gris vinrent à passer. Bien que paraissant tous deux fort exténués, l'homme et l'enfant n'étaient pas sur l'âne mais marchaient à ses côtés. Cela semblait étrange et je ne comprenais pas la situation. Ils s'affaissèrent sous un arbre proche, avec une expression de soulagement. L'enfant se tourna alors vers son père et je puis entendre le dialogue qui suit :

— Papa, où avons-nous fait fausse route ? Je suis si épuisé que j'ai failli mourir en chemin.

— Tais-toi, répondit le père en le souffletant sur l'oreille. C'est toujours ainsi quand on voyage à pied.

— Mais nous avons un âne ! Et, en plus, il est fort.

— Tais-toi, j'ai dit ! Tu racontes n'importe quoi. N'as-tu pas entendu ce que les gens disaient quand nous le chevauchions tous les deux ? N'ont-ils pas crié : « Voyez ces brutes sans cœur : à deux sur ce pauvre âne ! » Dieu sait ce que les gens diront de moi au village si ça vient à leurs oreilles.

— Oui, c'est à ce moment-là que tu m'as ordonné de descendre. Mais, au moins, tu étais à ton aise.

— Et aussitôt quelqu'un d'autre s'est écrié : « Regardez-moi cet homme cruel. Il monte son âne comme un souverain alors que son pauvre enfant peut à peine marcher. » Je connais cet homme. C'est une grande gueule. Dieu sait ce que les gens penseront de moi au village, s'ils viennent à l'apprendre.

— C'est alors que tu es descendu de l'âne pour me faire monter. Au moins, j'étais à mon aise.

— Et après, qu'est-ce que les gens ont dit ? : « Quel manque de respect ! Voyez ce jeune impertinent, assis sur l'âne pendant que son père peine à se traîner. » Je ne permettrai à personne d'affirmer qu'un de mes enfants ne respecte pas son père. Dieu sait ce qu'ils diront au village quand ils entendront ça.

— Mais papa ! Après, il nous a fallu marcher tous les deux.

— Tiens-toi tranquille, stupide enfant. Au moins, personne ne peut plus rien dire contre nous maintenant.

Jaune Fleur se tut un instant.

— Mais, juste à ce moment-là, reprit-elle, un homme qui se tenait à proximité se tourna vers son voisin et lui dit : « Regarde-moi ces deux imbéciles ! Ils auraient pu monter leur âne, mais ils ont fait tout le chemin à pied jusqu'ici. » En entendant cela, le père rougit jusqu'à la racine des cheveux. Le garçon souriait. Il avait compris ce que son père avait été incapable de saisir. Les enfants, eux, comprennent… Pour attirer l'attention du garçon, je rassemblai mes forces afin d'émettre dans l'air ambiant tout ce qu'il me restait de parfum. Aussitôt que le parfum royal lui parvint, il se tourna vers moi. Parce que les enfants connaissent très bien le parfum du sultan. Lorsque la nuit tomba, il me déracina délicatement et me déposa sur le dos de l'âne. Avant que je la quitte, Vénus s'adressa à moi une dernière fois. « Jaune Fleur, dit-elle, tu prétends t'enfuir afin de préserver ton parfum, mais il y a déjà longtemps qu'il t'a quittée. » Aussitôt, une larme roula sur mes pétales. Je compris que Vénus avait perdu tout son parfum. Car une rose est le miroir d'une autre rose. Lorsqu'elle la regarde, elle respire son propre parfum… ou son absence de parfum. Le lendemain matin, lorsque le père remarqua ma présence, il ordonna à son fils de ne pas charger l'âne de « choses inutiles ». Il me porta alors au marché où il me vendit. Après avoir changé de mains plusieurs fois, un amoureux des roses m'installa dans votre jardin afin que je puisse y retrouver mon parfum. Je suis si heureuse depuis, mais je ne peux m'empêcher de penser à Vénus tous les jours anniversaires de nos adieux.

Un bref silence s'installa.

— Si elle a fini de raconter son histoire, intervint Diane, j'aimerais poser une question à Jaune Fleur.

— Mais bien sûr, ma chérie, l'encouragea Zeynep Hanim.

— Jaune Fleur, je suppose que les roses authentiques comme toi supportent difficilement l'existence des roses artificielles ?

— Pourquoi serait-ce le cas ? répondit Jaune Fleur par la voix de Zeynep Hanim. Leur existence même dépend de la nôtre. Elle témoigne de notre valeur. Qui voudrait fabriquer une imitation de quelque chose qui n'a aucun prix ?

Diane approuva d'un signe de tête.

— J'aurais une autre question à poser, dit-elle en se tournant vers Zeynep Hanim. Il me semble avoir déjà entendu l'histoire du père et de l'enfant. Si je ne m'abuse, ma mère m'a déjà raconté quelque chose de semblable, il y a longtemps. Est-ce possible ?

— Pourquoi pas ? À peu de chose près, cette histoire est connue comme étant celle de Nasreddin Hodja. Mais le véritable personnage de Hodja est très différent du père qu'a rencontré Jaune Fleur. Hodja est beaucoup plus aimable.

Perplexe, Diane fixa Zeynep Hanim comme en attente d'une explication.

— Pourquoi un tel étonnement, ma chérie ? Nasreddin Hodja était aussi un jardinier. Il est donc bien normal que ses histoires aient été inspirées par les roses.

Zeynep Hanim se leva.

— Voilà, Diane. C'est tout pour aujourd'hui. Demain, la séance débutera à 5 h 57.

31

Le lendemain matin, Diane se leva de nouveau aux aurores, tombant de sommeil. Ses réflexions sur la première séance l'avaient tenue éveillée jusqu'à une heure avancée de la nuit. Son esprit était encore tout occupé de Zeynep Hanim, du jardin, de l'histoire racontée par Jaune Fleur et de la mathématique de l'écoute des roses...

Submergée par ces pensées, Diane ne s'en sentait pas moins réconfortée par l'équation révélée par Zeynep Hanim.

Puisque l'équation pouvait s'appliquer à toute question offrant une infinité de réponses possibles, les chances de savoir ce qu'il était advenu de sa mère étaient aussi grandes que celles de répondre à la question : « Quel est le chant des roses ? » Elles équivalaient à zéro... ou tout au moins à un « zéro particulier ». Elle avait donc tort de présumer que sa mère n'existait plus. Elle était heureuse que sa première leçon lui ait au moins fait comprendre cela.

Enfilant une chemise rouge et un jean, elle se prépara en vitesse afin d'arriver à temps à la deuxième leçon. Au moins n'avait-elle pas à se soucier de ses cheveux.

Réalisant soudain qu'elle était en retard, elle dévala les marches pour se trouver sur son banc à 5 h 57. Lorsqu'elle arriva, elle s'aperçut que Zeynep Hanim l'y avait précédée.

— Bonjour, Diane. Puis-je te demander quelle heure il est ?

Diane fut quelque peu soulagée quand elle vit à la grande aiguille de sa montre qu'elle n'était en retard que d'une minute.

— Oh ! bonjour ! Il est 5 h 58.

— C'est bien ce que je pensais. La leçon d'aujourd'hui est terminée.

« Elle plaisante », pensa Diane.

— Pardonnez-moi. Vous m'aviez prévenue. Je sais que je n'aurais pas dû être en retard, même d'une minute, mais…

— Il n'y a rien à pardonner, ma chérie. Moi, je connais déjà le langage des roses. C'est à toi que ce moment devait être consacré. La séance est remise à demain soir, 18 h 19.

— Vous vous moquez de moi !

Zeynep Hanim ne répondit pas.

— Je n'en reviens pas ! Je me lève à 5 h 30 du matin, je ne touche pas à mes cheveux exactement comme vous le souhaitiez, je me prépare à la vitesse de l'éclair et je me précipite ici. Et, croyez-le ou non, je m'en réjouissais à l'avance. Et, maintenant, vous m'apprenez que la leçon est annulée pour une petite minute de retard !

Zeynep Hanim prit doucement Diane par la main et l'entraîna vers la porte du jardin. D'un large geste de la main, elle embrassa toute l'étendue de la roseraie.

— Vois ces dizaines de rosiers, Diane. Des centaines et des centaines de roses et de boutons. Leur parfum qui flotte partout, plus dense que l'air même... J'ai mis des années à donner à ce jardin l'aspect qu'il a aujourd'hui, mais cela en valait la peine. Ne trouves-tu pas que c'est un spectacle magnifique ?

— Je le crois de tout mon cœur. Mais je ne suis pas certaine de comprendre où vous voulez en...

— Il faut à peine une minute pour semer un jardin. Les rêves les plus longs durent même moins d'une minute. Le message que la vie essaie de nous transmettre ainsi, c'est peut-être qu'il n'est pas besoin de mettre des années pour réaliser ses rêves. Ce qui est toutefois clair dans ce message, c'est que chaque minute contient tous les possibles. Tu ne pourras jamais récupérer cette minute que tu viens de perdre. Qui sait ? Peut-être ce laps de temps entre 5 h 56 et 5 h 58 en ce matin de mai contenait-il le moment précis où tu aurais entendu une rose.

En retournant à sa chambre, Diane conclut qu'après tout la leçon avait peut-être eu lieu quand même.

32

Le fait d'être confinée à la pension pendant un jour et demi n'avait pas ennuyé Diane. Son esprit était tout entier préoccupé par le sort de sa sœur. Marie avait informé Zeynep Hanim qu'elle arriverait dans le courant de la semaine. Diane était donc sur le point de la rencontrer enfin, dans quelques jours tout au plus.

La séance dans le jardin – en particulier l'histoire racontée par Jaune Fleur – avait suscité en elle une réflexion profonde sur elle-même et sa sœur. Elle risquait cependant de rendre un peu plus difficile la rencontre avec Marie. Néanmoins, elle était impatiente de la voir.

Comme d'habitude, Zeynep arriva précisément à l'heure dite.

— Comment vas-tu ce soir, ma chérie ? Allons directement dans le jardin, si tu veux. Tu dois être impatiente de voir la surprise que je t'avais promise l'autre jour.

Quand elles eurent parcouru quelques mètres dans le jardin, Zeynep Hanim s'arrêta devant l'une des roses.

— Non, dit-elle. Ce n'est pas elle.

Après s'être éloignée de la fleur, elle se tourna vers Diane.

— Elle voulait savoir si tu étais Marie.

— Il semble bien que tout tourne autour de Marie dans ce jardin... Je comptais vous poser une question quand nous étions avec Jaune Fleur, mais elle m'a échappé. Comment les roses s'y prennent-elles pour reconnaître une personne qui n'a pas foulé votre jardin depuis tant d'années ?

— Même si, une fois éclose, une rose ne dure que quelques semaines tout au plus, plusieurs des rosiers que tu vois ici s'y trouvaient déjà à l'époque de Marie. Elle leur avait fait si forte impression qu'ils l'avaient comparée à l'eau, ce qui est le plus beau compliment qu'une rose puisse vous faire. C'est que les roses sont aussi comme l'eau : ce qu'elles montrent à la surface est identique à ce qu'elles ont à l'intérieur. Et elles attendent la même chose de nous. Les roses de ce jardin sentaient que Marie pouvait répondre à toutes leurs attentes. Elles me demandèrent donc de dire à Marie à quel point elle était unique. Lorsque je m'exécutai, elle rougit comme une pivoine en répondant : « Si je suis unique de quelque manière, c'est seulement à cause de mon amour des roses. » Le fait qu'elle ait expliqué sa valeur en tant que personne uniquement par son amour des roses leur plut au plus haut point. Elles souhaitèrent donc que Marie pût entendre leur voix. Mais, à cette époque, cela n'était pas possible. Pour ce faire, Marie devait d'abord atteindre un certain degré de maturité. Les roses ne doutaient pas qu'un jour Marie reviendrait au jardin pour entendre celles qui allaient éclore bien des générations après elles. Elles décidèrent alors de tenir une assemblée et en vinrent à la décision unanime que chaque rose, avant qu'elle se fane, transmettrait tout ce qu'elle saurait de Marie aux jeunes boutons qui fleuriraient après elle. À leur tour, les boutons allaient relayer l'information à la génération suivante et ainsi de suite. De cette façon, toutes les qualités de Marie seraient transmises d'une floraison à l'autre pendant plusieurs générations. Depuis ce jour, chaque rose qui fleurit dans ce jardin souhaite faire partie de la « génération élue » qui aura la chance de s'adresser à Marie. De plus, lors de cette assemblée, une autre décision importante fut prise : celle de faire en sorte que Marie puisse écouter une rose appelée Socrate.

— Socrate ?

— C'est la rose la plus précieuse du jardin et elle représente l'étape ultime dans l'art d'écouter les roses. Socrate ne s'exprime qu'en poèmes. Marie ne l'a jamais rencontrée lors de son séjour ici. Elle n'était simplement pas prête. Mais, depuis, les roses de ce jardin vivent dans l'espoir de cette glorieuse réunion entre Socrate et Marie.

Diane avait l'impression d'écouter une sorte de fable. La réalité et la chimère étaient à ce point enchevêtrées dans son esprit qu'elle ne savait que penser. Mais au moins pouvait-elle désormais identifier le Socrate dont il était question dans la lettre de Marie.

Ses yeux fouillèrent la roseraie à la recherche d'une rose qui se distinguerait des autres. Mais aucune ne lui parut de quelque façon plus belle ou différente des autres.

— Est-il possible de voir Socrate ?

— Bien sûr. C'est d'ailleurs la surprise dont je t'ai parlé. Suis-moi.

Après quelques minutes de marche, elles arrivèrent presque à l'extrémité du jardin, laissant derrière elles les rosiers les plus éloignés. Zeynep Hanim s'arrêta tout près d'une parcelle de terre d'environ cinquante centimètres carrés.

— Nous y sommes, dit Zeynep Hanim.

Presque chaque centimètre carré du jardin était densément couvert de rosiers, sauf cet espace nu ! Diane attendit en silence tandis que la vieille dame se tenait là sans bouger.

Au bout d'un moment, elle ne put se retenir plus longtemps et explosa.

— Mais qu'est-ce que nous faisons ici, à attendre comme des poires ? Je croyais que nous verrions Socrate !

— Il est juste là. Socrate est tout juste devant toi, dans toute sa splendeur !

— Vous plaisantez, n'est-ce pas ? Je vous en prie, dites-moi que c'est une blague.

Zeynep Hanim joignit ses mains en coupe devant elle, comme tenant une fleur éclose.

— Admire la beauté de cette rose.

Dès qu'elle eut prononcé cette phrase, elle secoua la tête comme à regret.

— Je suis si désolée, Diane. Je n'aurais pas dû évoquer la beauté d'une chose que tu ne peux pas voir.

Pendant que Diane fixait sur elle des yeux stupéfaits, Zeynep Hanim demanda :

— Tu ne crois pas vraiment que tu as Socrate en face de toi, n'est-ce pas ?

— En effet, c'est un peu difficile pour moi de gober ça.

— En ce cas, permets-moi seulement de te demander une chose. Comment se fait-il que pendant toutes ces années on ait réussi à te faire croire que tu étais incapable d'écouter une rose, mais que je ne puisse aujourd'hui te faire croire une seule seconde que tu ne peux pas non plus en voir une ?

Sans attendre la réponse, elle montra l'espace vide.

— Socrate a été planté exactement sur ce site il y a seulement une semaine. Je voulais en faire présent à Marie. Alors je l'ai confié à un ami pépiniériste afin qu'il lui prodigue les soins nécessaires.

— Oh ! je vois ! dit Diane. On peut vraiment dire que vous me deviez une explication. Quelle surprise ! J'ai failli m'enfuir d'ici.

— Je te dois des excuses, ma chérie. Les mensonges pieux n'existent pas. Un mensonge est un mensonge. Toutefois, s'il t'aide à prendre conscience d'une mystification plus grave encore, comme celle selon laquelle on ne peut entendre une rose, alors je crois que je mérite d'être pardonnée. Mais je t'offre quand même mes excuses et j'espère que tu me pardonneras, car mes intentions étaient pures.

— Ça va, répondit Diane avec un sourire.

Lorsqu'elles eurent atteint la porte d'entrée, Zeynep Hanim se tourna vers Diane.

— Remettons la leçon de demain matin à 15 h 31. Mais attends-moi dans ta chambre vers 8 h 30. Nous pourrions faire une petite croisière sur le Bosphore, qu'en penses-tu ?

— Ce serait magnifique !

33

Après une splendide excursion sur le Bosphore, Diane était montée dans sa chambre pour se reposer un peu avant sa leçon, l'esprit encore tout émerveillé de ses découvertes de la journée.

Zeynep Hanim était passée prendre Diane dans la matinée et l'avait conduite dans le petit quartier d'Ortakoy situé sur la rive. Après un repas de kebab dans un petit restaurant, elles étaient montées à bord d'une embarcation privée et avaient quitté le quai en face de la mosquée de pierre richement ornée.

Sur les eaux bleues et calmes du Bosphore, elles avaient navigué le long de la côte européenne jusqu'à la forteresse de Roumélie. Le bateau avait ensuite traversé le détroit jusque sur la rive asiatique et poursuivi sa route en aval vers la mer de Marmara. À l'embouchure, elles avaient déjeuné sur une toute petite île qui n'avait été rouverte au public que tout récemment, après avoir été interdite d'accès pendant des siècles, et sur laquelle se trouve la tour de Léandre. Diane avait cru que le kebab l'aurait rassasiée, mais elle ne put résister aux appétissants mets ottomans qui se succédaient devant elle.

Zeynep Hanim avait proscrit de la conversation toute allusion aux roses ou à Marie jusqu'à la leçon de l'après-midi. Bien leur en prit, puisqu'elles rirent beaucoup, s'engageant même dans un concours de blagues.

Diane avait bien perçu à quel point son hôtesse avait veillé aux moindres détails afin de rendre cette journée mémorable. Elle s'était sentie tellement choyée qu'elle s'était demandé si Zeynep Hanim ne l'avait pas confondue avec Marie.

Comme elle descendait au jardin pour sa leçon, elle s'interrogea. La gaieté qui n'avait pas quitté de la journée le visage de Zeynep Hanim n'allait-elle pas bientôt faire place à une expression plus appropriée à « l'art d'écouter les roses » ?

Exactement à l'heure convenue, elle entendit la voix de la vieille dame derrière elle.

— Allons directement au jardin, ma chérie. Allons ! Ne perdons pas une minute.

Diane suivit le pas pressé de Zeynep Hanim. Lorsqu'elles arrivèrent au centre du jardin, elle remarqua tout à côté de l'allée un grand pot de fleurs qu'elle n'avait jamais vu auparavant. Il y avait à l'intérieur deux roses dont les tiges étaient entrelacées à la manière de fleurs grimpantes. L'une était rouge, l'autre blanche.

La rose rouge était droite, alors que la blanche était tournée vers le sol. Leurs tiges et leurs feuilles étaient à ce point entremêlées qu'on aurait pu penser qu'il n'y avait qu'une seule rose à l'intérieur du pot, avec des fleurs de couleurs différentes.

— Comment s'appellent-elles ? demanda Diane.

— Leur nom est inscrit sur le pot.

Diane se pencha et lut le nom, car il n'y en avait qu'un. Éphèse, en toutes petites lettres.

— Éphèse... La cité antique ?

— Exactement. Bâtie sur le site de la ville actuelle de Selçuk, dans l'ouest de la Turquie.

— Est-ce de là-bas que vient le pot ? Je ne vois pas d'autre rose en pot dans le jardin. Allez-vous planter ces fleurs ici ?

— Oui, le pot vient d'Éphèse. Nous l'avons gardé à l'intérieur pendant quelque temps et nous l'avons apporté ici la nuit dernière. Est-ce que nous planterons ici ces roses d'Éphèse ? Cela dépend uniquement d'elles. Elles ont trois jours pour nous en convaincre. Elles seront plantées dans ce jardin ou elles retourneront à Éphèse. Nous allons leur faire passer un test pour déterminer leur sort.

Ayant appris à ne plus s'étonner de rien qui sortît de la bouche de Zeynep Hanim, Diane demanda, comme si le fait de faire subir un examen à des roses avant de les planter était la chose la plus naturelle du monde :

— Quel genre de test ?

— L'une des plus importantes qualités des roses de ce jardin réside dans leur capacité à vivre en harmonie les unes avec les autres, sans égard à leur couleur, leur taille ou leur origine. Leur vie est libre de toute dispute, jalousie ou vanité. C'est pourquoi chaque fois que nous plantons une rose, nous devons être très sélectifs. Les roses s'influencent mutuellement et, au bout d'un certain temps, en viennent à ressembler à celles qui les entourent. Nous avons un magnifique proverbe qui illustre ce fait : « Les raisins deviennent noirs à force de se regarder les uns les autres. » Voilà pourquoi, lorsque nous plantons une rose, nous voulons nous assurer qu'elle n'aura pas une mauvaise influence sur les autres. En outre, le cas d'Éphèse est très particulier. Cette rose bicéphale a pris cette forme après que deux espèces présentant des caractéristiques entièrement différentes ont été transplantées dans le même contenant. Avec le temps, leurs racines se sont tellement enchevêtrées qu'il est devenu impossible de les séparer. Ce qui les rend si singulières réside aussi dans le fait qu'elles sont constamment en conflit. Avant que nous les plantions dans le jardin, elles doivent d'abord nous démontrer qu'elles peuvent se comporter comme une seule et même rose.

Après avoir longuement considéré la rose d'Éphèse, Zeynep Hanim poursuivit :

— Mais je crains que ce ne soit pas facile. Bien qu'elles soient toutes deux originaires de la même région et du même sol, chacune pose sur elle-même un regard très différent. La rose rouge vient du temple d'Artémis, et la blanche, de la maison de la Vierge Marie. La rouge croit qu'elle est Artémis, la déesse de la Chasse, et refuse qu'on l'appelle autrement. La blanche n'exprime aucune préférence à cet égard, mais nous l'appelons Miriam.

— Ne venez-vous pas de parler de la déesse de la Chasse ? Est-ce qu'il ne s'agit pas de Diane ? Comme c'est le nom que je porte, mes amis m'appellent souvent « déesse »...

— Exact. Dans la mythologie romaine, Diane est effectivement la déesse de la Chasse. Mais, dans la mythologie grecque, elle est connue sous le nom d'Artémis. Son histoire est plus ancienne et elle a subi de multiples transformations avant de devenir Diane, telle qu'on la nomme dans les textes latins.

Après un moment de silence, Diane demanda :

— Dans quel genre de conflit ces roses sont-elles engagées ?

— Voudrais-tu que je te fasse part de leur conversation ?

Bien qu'elle eût préféré le dissimuler à Zeynep Hanim, Diane souhaitait vivement entendre le dialogue entre Artémis et Miriam.

— Pourquoi pas ? dit-elle. Si ça ne dérange pas notre leçon...

Zeynep Hanim s'assit sur le sol, tout à côté du pot. Diane fit de même.

— Bonjour, Éphèse. Pouvons-nous écouter votre conversation ?

Au bout de quelques secondes, Zeynep Hanim se tourna vers Diane.

— Artémis vient de me sermonner en disant : « Je m'appelle Artémis et non pas Éphèse, vieille dame ! » Puisque c'est ce qu'elle souhaite, je m'adresserai à la rose d'Éphèse en utilisant chaque nom. Je vais te rapporter leur conversation mot à mot. Tu es prête ?

Diane fit signe que oui et Zeynep Hanim retranscrivit le dialogue entre Artémis et Miriam.

— Ne pourrais-tu pas être plus polie, Artémis ? Le nom par lequel on nous interpelle n'a pas beaucoup d'importance.

— Comment ça, « pas d'importance » ? J'ai un nom. Un nom éminent qui court sur toutes les lèvres ; un nom adulé jusque dans les cieux. Artémis, voilà comment je m'appelle ! Mon nom est célébré partout et les dieux me connaissent. Je suis la très haute Artémis. Je suis la plus belle d'entre les plus belles. Je suis une déesse, pas une vulgaire fleur comme toi. Tout ce à quoi une fleur peut aspirer, c'est de pouvoir orner mon temple.

— Tu as remarqué une chose ?

— Quoi ?

— Tout ce que tu dis, c'est « je », « me », « moi ».

— Mais bien sûr que je dis « je », « me », « moi ». Si Artémis ne mérite pas de dire « je », qui d'autre le mérite ? Une mortelle fleur comme toi ?

— Tu dis toujours la même chose : que tu es une déesse et que je ne suis qu'une fleur. Mais tu connais la vérité.

— Quelle vérité ?

— Oh ! laisse tomber ! Je ne voudrais pas te vexer.

— Toi ? Me vexer ? Ne me fais pas rire, petite fleur. Une fleur vexerait Artémis ? Ha ! ha ! ha ! ha !... Allez, fleur facétieuse, vexe-moi, je t'en prie.

— Très bien, Artémis. Mais d'abord, dis-nous qui est Artémis, afin que tout le jardin le sache.

— Mais c'est ridicule ! Qui ne connaît pas Artémis ? Qui ne me connaît pas ?

— Nous ne sommes pas dans ton temple, Artémis. Ici, nous sommes dans une roseraie. Les roses ne savent peut-être pas qui tu es. N'est-ce pas leur droit de savoir qui est la vénérée Artémis ? Tu es la plus grande ! Alors fais-nous l'honneur de nous dire qui tu es.

— Pour une fois, tu dis vrai, fleur. En effet, chacun a le droit d'entendre l'écho de ma gloire. Les roses aussi devraient connaître l'étendue de ma perfection. Alors tais-toi et écoute... Je m'appelle Artémis, fille de Zeus, le dieu des dieux. Je vivais à Éphèse, la ville connue à cause de mon temple et non de la vieille chaumière délabrée de la Vierge. Pendant des siècles, j'ai accueilli ceux qui venaient m'adorer dans mon temple, l'une des sept merveilles du monde. Des milliers de gens, se pressant comme des fourmis, venaient en masse des confins du monde pour me louer, me vénérer et se prosterner devant moi, se piétinant les uns les autres dans leur impatience. Est-ce que tu comprends, insignifiante fleur, est-ce que tu comprends maintenant la grandeur d'Artémis ? Ces mêmes gens qui cueillent des fleurs comme toi et les fourrent négligemment dans un vase se présentaient devant moi comme des esclaves. Alors, roses du jardin, est-ce que vous m'entendez ? Maintenant, vous connaissez, vous aussi, la grandeur d'Artémis, n'est-ce pas ?

— Tu as dit exactement ce que j'attendais, affirma Miriam. Lorsque je t'ai demandé de nous parler de toi, tu as commencé par discourir sur ton père, sur la splendeur de ton temple et sur ceux qui te vénéraient. Mais ce n'est pas ce que je voulais entendre. Je t'ai simplement demandé d'expliquer qui *tu* étais.

— Qu'essaies-tu de me dire, misérable fleur ? Je suis la grandeur incarnée. Voilà ce que je suis.

— Qu'est-ce qui te fait croire que tu es si grande ?

— Si je n'étais pas grande, est-ce que des milliers de gens s'intéresseraient à moi ? Est-ce qu'ils me louangeraient ainsi jusqu'à ce que leur langue se colle à la voûte de leur palais ? Est-ce qu'ils me seraient soumis comme ils le sont ?

— La vérité, poursuivit Miriam, c'est que c'est toi qui es leur esclave. Mais tu ne veux tout simplement pas le reconnaître.

— Tu es tellement jalouse que tu ne sais plus ce que tu dis.

— C'est la pure vérité : tu es leur esclave. Qui est vraiment Artémis ? Rien qu'une illusion, façonnée et adorée par d'autres. Qui a créé Artémis ? Est-ce que ce ne sont pas ces humains que tu méprises tant qui ont d'abord imaginé un symbole de beauté qu'ils puissent adorer et qui, à force de chanter tes louanges, ont ensuite créé ton image ? Ne te laisse pas duper par le fait qu'ils t'aient ensuite été dévoués corps et âme. Ce sont eux qui t'ont inventée, qui ont décidé de tes attributs et qui ont révéré ton nom. Je suis désolée de te le dire, mais tu n'as aucune existence autonome. Tu n'existes que par eux. Tu existes par leurs louanges, leur adoration et leur approbation. Tu dépends des autres.

— Tu vas trop loin, fleur. D'abord, regarde-toi. Pour qui te prends-tu pour me parler ainsi sur ce ton, vile chose ?

— Tu as raison. Il n'y a rien de grand en moi. Mais je suis une rose... Qu'on m'admire ou non, qu'on se jette à mes pieds ou non, je demeure une rose... Je ne suis rien de grand. Juste une rose... Mais sais-tu seulement ce que c'est que d'être une rose, mon amie ? Être une rose signifie être libre, ne pas exister par les louanges des autres ou ne pas cesser d'exister sous le poids de leur désapprobation. Ne te méprends pas : j'aime les gens, moi aussi. J'aime qu'ils me voient et respirent mon parfum. Mais je ne souhaite cela que dans la mesure où je peux leur offrir mon parfum. Il est sans doute vrai que je n'ai jamais eu autant de visites que toi. Sans doute ceux qui sont entrés dans la maison de la Vierge Marie n'ont-ils pas remarqué la petite rose plantée là. Malgré tout, certains l'ont fait. Mais ne confonds jamais ces gens-là avec ceux qui sont venus au temple pour t'adorer.

— Bien sûr que non. Comment le pourrais-je ? Mes visiteurs à moi venaient par milliers.

— Te rappelles-tu comment ceux qui se pressaient au temple les jours d'été commençaient, un à un, à te déserter lorsque pointait l'automne ? Et, au cœur de l'hiver, il n'y avait jamais personne à tes côtés. Ton orgueil ne faisait qu'aiguiser ta solitude et ton aride fierté t'empêchait même de pleurer. Plus leurs louanges t'avaient portée haut au printemps, plus pénible était la chute à l'automne. Le changement de saison t'anéantissait instantanément.

— Absurde ! L'automne est ainsi.

— Pas pour les roses, Artémis. Pour une rose, l'automne amène la pluie. L'automne pave la voie au printemps. Ceux qui aiment les roses sont toujours plus loyaux que ceux qui te vénéraient. Ceux qui t'adoraient le faisaient pour eux-mêmes ; ceux qui me rendaient visite le faisaient uniquement pour respirer mon parfum. Je n'ai jamais espéré qu'ils se prosternent devant moi. Ça n'aurait pas été de l'amour. L'amour ne rabaisse pas ceux qui aiment ; il les élève.

— Dérisoire fleur, que sais-tu de l'adoration ?

— Je regrette, mon amie, mais ceux qui t'adorent avec ferveur te déserteront un jour. Car ce n'est pas toi qu'ils vénèrent, ce sont leurs propres passions. Un jour viendra où leur passion se portera sur une autre déesse, plus belle, plus séduisante, plus éminente. Alors on t'oubliera. Et parce que tu n'auras dû ton existence qu'à leurs louanges, une fois qu'on t'aura oubliée, tu cesseras d'exister.

— Non, je vivrai éternellement ! C'est toi qui es mortelle, l'as-tu oublié ?

— Il est vrai que je ne suis pas immortelle. Un jour, je me fanerai et je retournerai à la terre, mais ma vie ne s'achèvera pas pour autant. Car la terre enfantera une nouvelle rose. Exception faite de ceux qui m'aiment pour mon parfum, personne ne se souviendra de moi. Personne ne s'imaginera qu'une rose morte puisse continuer d'exhaler son magnifique parfum. Mais lorsque mes amis respireront l'air dans lequel j'aurai été emportée, un sourire éclairera leur visage. Alors je pourrai dire : « Ma vie n'a pas été vaine. L'obscurité dans laquelle j'ai été plongée a permis que ma fleur s'épanouisse. » À ce moment, je serai heureuse de n'avoir été qu'une simple rose... Mon amie, puisses-tu un jour accepter de n'être qu'une simple rose. Cesse de te voiler la face. Révèle enfin ton véritable visage de rose. Ensemble, ne faisons qu'une. Demandons au jardinier de casser ce pot dans lequel nous sommes emprisonnées. Ne comprends-tu pas qu'aucun pot n'est assez grand pour une vraie rose ?

— Je ne suis pas une rose, s'entêta Artémis. Je suis une déesse !

— Si ton masque de grandeur te rend heureuse, ne l'enlève pas. Continue de le porter. Continue de dire « moi ». Mais sache qu'il y a un prix à payer.

— Jardinier ! Toi, vieille femme ! Enlève de ma vue cette misérable fleur !

— Comme tu le sais, mon amie, répliqua Miriam, il est désormais impossible de nous séparer. Que cela nous plaise ou non, nous sommes condamnées à vivre ensemble. Tant que deux voix différentes s'élèveront de ce pot, non seulement nous ne pourrons jamais vivre en paix, mais nous troublerons aussi la tranquillité des autres roses de ce jardin. Et même leur harmonie... Nous nous insinuerons dans le cœur de ceux qui hument notre parfum comme deux voix opposées, en conflit. Du moment où tu diras une chose, j'affirmerai son contraire et ainsi de suite. Parfois même nous parlerons en même temps. Et, comme si le bruit à l'intérieur de notre pot n'était pas suffisant, nous porterons notre cacophonie au cœur de chacun. Nous n'avons pas le droit de nous rendre malheureuses ainsi et, du même coup, d'instiller le malheur dans notre entourage.

— Alors, dit Artémis, soumets-toi à ma voix. Deviens moi-même !

— Sache que, si je le pouvais, je le ferais volontiers. Je proclamerais au monde entier que je suis Artémis, uniquement pour parler de la même voix que toi. Mais je ne le peux pas ! Non seulement parce que je sais que je suis une rose, mais parce que je sais que tu en es une aussi. Je pourrais sans doute m'oublier, mais je ne pourrais jamais t'oublier, toi. Car c'est mon regard sur toi qui m'a permis de me connaître.

— Comment peux-tu dire une chose pareille ? Je suis Artémis et tu n'es qu'une faible fleur.

— Artémis, on dit que tu es la protectrice des faibles. On soutient également que tes flèches procurent une mort douce et rapide… Est-ce vrai ?

— C'est la stricte vérité.

— Alors, si je suis faible, protège-moi. Protège-moi de toi ! Maintenant, à ce moment précis ! Bande ton arc, ajuste ta flèche et offre-toi une mort douce et rapide. N'aie pas peur, tu ne te fondras pas dans le néant. Artémis n'a jamais eu de véritable existence, alors comment pourrait-elle cesser d'exister ? Mais quand ton moi imaginaire aura goûté ce doux trépas, tu renaîtras. Tu renaîtras en tant que rose... Je sais, ce n'est pas facile à concevoir, mais tu le peux. Le feras-tu ?

Artémis ne répondit pas.

— Je t'en prie, insista Miriam. Tu te souviens d'avoir été une rose, n'est-ce pas ?

Zeynep Hanim demeura silencieuse un moment. Puis elle se tourna vers Diane.

— Artémis refuse de répondre à Miriam.

— N'a-t-elle rien dit ?

— Rien, répondit Zeynep Hanim en se levant. Je crois que ça suffit pour aujourd'hui, ma chérie. La séance de demain, la quatrième et dernière, débutera à 4 h 01 du matin.

Diane avait l'impression que chaque partie d'elle-même, en particulier son esprit, était engourdie. Elle aurait eu tellement de choses à dire, mais elle choisit de se taire.

34

Diane, en chemise de nuit, attendait à la porte de la chambre numéro 1. Quelle serait la réaction de Zeynep Hanim si un visiteur inattendu cognait à sa porte après minuit ?

« Frapper ou ne pas frapper à la porte ? pensa Diane. Voilà la question. »

Si seulement elle acceptait d'attendre encore trois heures, elle pourrait poser à Zeynep Hanim toutes les questions qui lui passaient par la tête et n'aurait pas à la déranger à cette heure indue. Mais elle ne pouvait plus supporter l'idée de passer le reste de la nuit à se retourner dans son lit.

Elle cogna doucement.

Zeynep Hanim ne mit que quelques secondes à ouvrir la porte. Diane remarqua tout de suite que la chemise de nuit de son hôte ressemblait beaucoup à la sienne. En fait, elles étaient identiques.

— Je suis vraiment désolée de vous déranger. Peut-être étiez-vous au lit. Je viole sans doute le règlement, mais je ne pouvais plus attendre. Il faut vraiment que je vous parle. Mais je comprends bien que ce n'est pas le moment.

— Il est 1 heure du matin, ma chérie. J'étais sur le point de me coucher. Ce n'est sûrement pas le moment de frapper à la porte de qui que ce soit, encore moins d'une vieille dame comme moi.

Elle avait tout à fait raison. Diane ne pouvait la blâmer. Elle souhaita soudain que le plancher s'ouvrît sous ses pieds et la fît disparaître.

— Je t'en prie, entre, l'invita Zeynep Hanim.

— Mais vous venez juste de...

— Crois-tu que je ne devine pas à quel point cela a dû être difficile pour toi de cogner à ma porte à cette heure de la nuit ? Mais tu l'as fait. Parce qu'il était encore plus difficile pour toi de t'endormir dans un lit confortable que de te rendre jusqu'à ma chambre. Quand une personne agit ainsi, c'est généralement qu'elle a quelque chose à dire qui vaut la peine d'être entendu. Allez, entre.

Diane, la tête basse, pénétra dans la pièce faiblement éclairée.

Elles s'assirent l'une en face de l'autre, près de la fenêtre donnant sur le jardin.

— Je ne sais par où commencer...

— Pourquoi ne commences-tu pas par la partie la plus difficile ? Le reste suivra.

— Marie, murmura Diane. Marie et moi... Marie... Elle est toujours présente à mon esprit. Je ne peux m'empêcher de penser à elle... Je sais, il ne reste plus beaucoup de temps avant que nous soyons réunies. Qui sait, peut-être même demain... Mais toutes ces choses que j'ai vécues ici, dans ce jardin...

Elle s'arrêta quelques instants. Puis elle reprit :

— Avant de vous rencontrer, je m'étais forcée à croire que Marie était démente. J'avais d'emblée éliminé toutes les autres possibilités. Après tout, n'avait-elle pas mentionné dans ses lettres qu'elle parlait à des roses... Mais je ne pense pas que ce soit la seule raison pour laquelle je m'étais entièrement dissociée d'elle. C'est à cause d'elle que ma mère a vécu ses derniers moments dans l'inquiétude et la peur. En plus de tout cela, j'ai ressenti autre chose en lisant les lettres de Marie. Une chose que j'ai eu beaucoup de difficultés à admettre, même en moi-même. Une chose dont je craignais qu'elle me détruise...

— De quoi s'agit-il ?

— C'était comme si Marie était la personne que j'avais toujours voulu être, mais que je n'ai jamais pu devenir. Je ne pouvais chasser l'impression qu'elle ressemblait tellement à ma mère...

Diane laissa échapper un soupir avant de poursuivre :

— Il n'y a rien de mal à ce qu'une fille ressemble à sa mère. Mais si la fille qui a été séparée de sa mère à l'âge d'un an lui ressemble plus que sa sœur jumelle qui a vécu avec elle vingt-quatre années de plus, alors ça devient très difficile à accepter. Surtout lorsque la jumelle en question vient de perdre sa mère alors qu'elle commençait à peine à la découvrir. Surtout si cette jumelle n'a pas eu l'occasion de dire à sa mère à quel point elle aurait voulu lui ressembler...

Les yeux de Diane s'emplirent de larmes. Zeynep Hanim rapprocha sa chaise de Diane et prit ses mains dans les siennes.

— Ne t'en fais pas, ma chérie. Une mère comme la tienne savait sûrement déjà ce que sa fille aurait voulu lui dire, même si elle n'en a pas eu l'occasion…

— Dès mon arrivée ici, j'ai compris que les particularités dont j'avais refusé d'hériter de ma mère, vous les aviez transmises à Marie. Voilà la raison pour laquelle je ne peux pas ressembler à Marie.

— Pourquoi penses-tu cela ?

— Ma mère disait toujours : « Tout ce dont tu as besoin pour être unique, c'est d'être toi-même. » Mais c'est une chose que je ne voulais pas comprendre. J'avais toujours besoin de plus : de l'attention, des compliments, toutes ces choses qui me faisaient sentir unique… Je ne pouvais vivre sans me sentir admirée. J'aimais être la coqueluche du bal, je raffolais de la Diane que je voyais dans les yeux des autres. C'est sans doute à cause de cela que j'ai renoncé à mon grand rêve de devenir écrivain. C'était comme si la première lettre de Marie était une fidèle description de ce que j'étais : l'attention constante dont elle était l'objet, le fait qu'elle n'était pas heureuse pour autant et qu'elle ait presque abandonné son plus grand rêve à cause des Autres.

— Tu vois, ma chérie, Marie a traversé les mêmes épreuves que toi. Et votre cas n'est pas unique. Chacun de nous doit renoncer à une partie de soi-même pour obtenir l'approbation de son entourage.

— Oui, mais à la fin Marie a réussi à poursuivre son rêve. Contrairement à moi, elle ne s'est pas soumise aux attentes des autres… Pendant la première leçon, alors que nous écoutions Jaune Fleur, vous savez à quoi je pensais ? C'était comme si Jaune Fleur était Marie et que j'étais Vénus... Et, plus tard, Miriam et Artémis...

Diane s'arrêta pour observer la réaction de Zeynep Hanim. Quand elle fut certaine que l'expression de son visage ne s'était pas modifiée, elle continua :

— Je ne dis pas cela parce que Diane est l'autre nom d'Artémis ou à cause du lien entre Miriam et Marie. Croyez-moi, j'ai appris à ne pas encombrer mon esprit de coïncidences que je ne peux m'expliquer. Néanmoins, il y a une chose qui me préoccupe : le fait que, tout comme Artémis, je dépende des autres... Et, pour le dissimuler, j'ai affiché pendant des années le « masque d'une déesse ». En essayant de me grandir, je n'ai fait que me rabaisser... Ai-je tort ? Ce que je dis à propos de Marie et de moi, n'est-ce pas la vérité ?

— Diane, tu déplores l'influence des autres, mais du même souffle tu sollicites l'opinion d'une « autre » personne. Ne l'oublie pas : je fais aussi partie des autres.

— Non. Marie dit que vous êtes une non-autre et je suis d'accord avec elle. Je vous en prie, dites-moi la vérité.

Zeynep Hanim, les yeux pleins de compassion, se mit à fixer Diane.

— Je pense que tu es injuste envers toi-même. Personne n'est parfait et personne n'est obligé de l'être. Chacun souhaite être admiré et accepté par ceux qui l'entourent ; c'est tout à fait normal.

— Mais si je mène la vie que les autres ont choisie pour moi plutôt que celle dont je souhaite ? Est-ce que cela aussi est normal ?

— Ma chérie, ni moi ni personne n'avons le droit de juger ce que tu fais de ta vie. Je peux sans doute t'enseigner à écouter les roses et il est certain que, en cette matière, je peux t'offrir de judicieux conseils. Car l'écoute des roses est un art que je connais bien et dont tu connais peu de choses. Et tu m'as demandé de te l'enseigner. Mais toi, Diane, je ne te connais pas. Je ne pourrai rien t'apprendre sur toi-même. Et, en ce qui concerne Marie, j'en sais beaucoup moins que tu ne crois. Je n'ai pas passé avec elle plus de temps qu'avec toi. Mais, ce que j'en puis dire, c'est qu'elle est extrêmement courageuse... et aussi belle que toi.

Diane eut à l'endroit de Zeynep Hanim un sourire de reconnaissance.

« Je suis heureuse d'avoir frappé à sa porte », se dit-elle. Elle n'avait pas envie de retourner à sa chambre et aurait volontiers passé toute la nuit en compagnie de son hôtesse.

— Je dois y aller. Je ne sais comment vous remercier pour votre temps et votre gentillesse.

— Tu n'as pas à me remercier, répondit Zeynep Hanim. Mais tu as raison : nous avons toutes deux besoin d'un peu de repos. La dernière leçon est la plus difficile de toutes.

35

La nuit était encore noire lorsque Diane descendit au jardin. La leçon n'allait débuter que dans dix-neuf minutes, mais elle s'était rendue à l'avance au rendez-vous afin de passer un peu de temps au milieu des roses.

Comme elle s'apprêtait à franchir le seuil du jardin, elle entendit soudain, sur le parquet de bois de la maison, des pas qui ne ressemblaient en rien à ceux de Zeynep Hanim. D'ailleurs, celle-ci se présentait toujours exactement à l'heure prévue pour la leçon et son pas était invariablement calme et mesuré. Mais celui qui s'approchait maintenant était précipité et nerveux, presque à la course.

C'était pourtant bien Zeynep Hanim qui marchait ainsi et qui arriva haletante, le visage en sueur.

— Oh ! Diane ! commença-t-elle la voix tremblante. Je sais à quel point tu étais impatiente, mais…

— Qu'y a-t-il ? C'est Marie ?

Zeynep Hanim inclina la tête.

— Qu'est-il arrivé ? Je vous en prie, dites-moi que tout va bien.

— Marie a téléphoné. Je dormais, mais elle a heureusement laissé un message. Elle a dit qu'il lui fallait aller d'urgence à San Francisco.

— Oh ! mon Dieu ! Elle a dû entendre parler de la maladie de notre mère. Je dois rentrer immédiatement à la maison. Il faut que j'arrive avant elle.

— Mais Marie est déjà...

— J'espère qu'elle n'est pas au courant de la mort de maman.

Quel serait l'effet d'une telle nouvelle sur une jeune femme qui a passé sa vie dans l'attente de rencontrer sa mère ? La seule évocation de cette possibilité fit frissonner Diane. Mais au moins avait-elle parlé d'une urgence. Elle n'aurait pas été aussi pressée si ç'avait été pour voir une sépulture, n'est-ce pas ?

— Je regrette, mais je dois partir tout de suite.

— Bien sûr, ma chérie. Je te réserve tout de suite une place sur le premier vol.

Comme elle retournait en courant à sa chambre, Diane s'arrêta net et revint sur ses pas. Elle se précipita dans le jardin et s'agenouilla auprès de Jaune Fleur, caressant ses pétales du bout des doigts.

— Tu as raison, Jaune Fleur. C'est son parfum, plus que toute autre chose, qui fait qu'une rose est une rose.

36

Elles arrivèrent à l'aéroport juste à temps pour l'embarquement à bord du vol de midi. Avant de prendre sa place dans la file pour le contrôle des passeports, Diane serra Zeynep Hanim dans ses bras.

— Merci pour tout ce que vous avez fait pour moi. Je ne sais comment m'acquitter de ma dette envers vous. Les jours que j'ai passés ici sont peut-être les plus extraordinaires de ma vie. Si vous aviez rencontré ma mère, vous comprendriez pourquoi je peux dire seulement « peut-être ».

— C'est toi-même qu'il faut remercier, Diane. Ce qui a rendu cette semaine si remarquable n'a rien à voir avec moi ou nos leçons inachevées. C'est ton courage face à ces roses qui l'a rendue unique. Ce n'est pas une chose qui peut se transmettre d'une personne à une autre. Quand tu es arrivée ici, tu étais une personne brillante et éduquée. Tu n'en as pas moins accepté d'écouter les roses. Crois-moi, ce n'est pas aussi facile que certains pourraient le penser. Le meilleur n'est accessible qu'à ceux qui ont le courage de renoncer à ce qui est bon. Tu as eu ce courage.

— Je ne crois pas mériter un tel compliment, répliqua Diane en souriant. Je suis moi-même si heureuse d'avoir eu le privilège de vous connaître. Je veux que vous sachiez que je laisse mon cœur ici en espérant qu'un jour je reviendrai dans la roseraie pour y terminer ma leçon.

— Nous sommes là où est notre cœur. Si le tien est ici, peu importe la distance, cette leçon se complétera toute seule. N'en doute pas.

Zeynep Hanim sortit de son sac à main un petit flacon de parfum.

— Avec toute cette frénésie, je n'ai pas eu le temps de l'envelopper. C'est un mélange d'essences des roses du jardin. Il y a en tout quatre-vingt-dix-neuf parfums différents, dont celui de Socrate. Et ce qui rend ce mélange vraiment unique, c'est que son parfum est différent chaque fois qu'on le respire. Je suis certaine qu'il te conviendra à merveille.

— Je ne sais que dire. Vous ne pouvez pas imaginer tout ce que cela signifie pour moi. Mais je crains de n'avoir rien à vous donner en retour.

— C'est déjà fait, ma chérie. D'avoir accepté mon hospitalité est le plus beau présent que tu pouvais m'offrir.

Lorsque vint le temps de se dire adieu, Diane crut reconnaître le regard de sa mère dans le bleu profond des yeux de Zeynep Hanim. Posant son sac à terre, elle l'embrassa de nouveau.

— Oh ! je ne peux y croire ! Vous ressemblez tellement à ma mère.

— Un jour, ma chérie, toi aussi tu entendras la voix des roses, lui glissa la vieille dame à l'oreille. Lorsque cela arrivera, ne crois surtout pas qu'il s'agit d'un miracle ; cela te ferait oublier que chaque moment de la vie est un miracle. Souviens-toi : tout nous parle, et pas seulement les roses.

37

Remplis d'appréhension, les passagers attendaient nerveusement un message du pilote leur annonçant que le pire était derrière eux. L'appareil gagnait et perdait de l'altitude de façon si soudaine qu'à tout moment on avait l'impression que les ailes allaient se briser. Le moindre bruit mettait tout le monde au bord de la panique, excepté Diane qui attendait avec impatience que s'éteigne le « Attachez vos ceintures » afin de pouvoir récupérer son journal dans le porte-bagages.

« Cette lumière ne s'éteindra jamais... »

Elle détacha sa ceinture de sécurité et se leva, ignorant les regards désapprobateurs des autres passagers et de l'hôtesse assise à l'arrière de l'avion. Au même moment, l'appareil subit une nouvelle secousse et Diane se retrouva sur les genoux du passager occupant le siège à côté d'elle.

— Oh ! je suis vraiment désolée !

— Vous auriez pu vous blesser, mademoiselle. Vous devriez vous rasseoir.

L'hôtesse se dirigea vers elle pour lui intimer de rester assise et quelques passagers se retournèrent en se demandant quel était son problème.

Se redressant, elle plongea ses mains dans le porte-bagages pour atteindre son sac qui bondissait, menaçant à tout moment de tomber sur un autre passager. Mais elle réussit finalement à s'en saisir sans autre incident.

Ouvrant son journal, elle commença à écrire en lettres tordues, entre les moments de turbulence.

Maman chérie,

Il y a une chose que j'aimerais te demander...

Marie est née avant moi, n'est-ce pas ? Elle a appris à marcher avant moi, n'est-ce pas ?

Aujourd'hui encore, elle a toujours un pas d'avance sur moi. Peut-être même que, au moment où j'écris ces lignes, elle est sur le point de te retrouver... En fait, maman, Marie mérite depuis longtemps d'être avec toi. Bien plus que moi. Elle t'aime comme une folle.

Je ne voudrais surtout pas que tu te méprennes : je t'aime aussi. Je t'aime autant qu'elle. Mais elle t'a aimée sans même connaître la douceur d'être ta fille. Elle t'a aimée sans rien recevoir de toi, sans se réfugier dans tes bras lorsqu'elle avait peur, sans tomber endormie la tête contre ton sein. Comme tu le disais si bien : « L'amour n'est rien s'il demande quelque chose en retour. »

Alors, maman... Laquelle de nous est la plus digne d'être ta fille ? Marie ou moi ? La réponse à cette question ne m'effraie plus. Elle est ma jumelle. Puisqu'elle m'a toujours devancée, peut-être un jour mériterai-je aussi d'être ta fille.

Après tout, n'avons-nous pas partagé jusqu'à maintenant la même destinée ? Grandir avec un seul parent, être l'objet constant de l'attention des autres, notre passion pour les histoires, nos rêves, Zeynep Hanim et le jardin de roses. S'il faut se fier à l'ordre dans lequel les choses sont arrivées à Marie, mon tour devrait venir bientôt de parler à une rose... Ça ne semble pas vraiment possible, n'est-ce pas ? Les miracles ne se produisent-ils pas seulement dans les contes de fées ?

Mais il y a encore une question que je ne peux chasser de mon esprit, maman... Les héroïnes de contes de fées ne font jamais de promesses qu'elles ne peuvent tenir, n'est-ce pas ? En ce cas, si ce que j'ai entendu dans la roseraie fait partie d'un conte de fées, est-ce que l'héroïne n'en est pas Zeynep Hanim ? Il faut donc qu'elle tienne sa promesse. « Un jour, toi aussi tu entendras la voix des roses... » Voilà ce qu'elle m'a dit.

Je ne sais plus, maman...

Rêve-réalité, peur-espoir, moi-Marie... Comme ces choses sont devenues compliquées.

J'ai tellement besoin d'entendre ta voix...

Ta petite fille,

Diane

38

Dès qu'elle aperçut le chauffeur venu l'attendre à l'aéroport, Diane lui demanda :

— Est-ce que quelqu'un s'est présenté à l'accueil de l'immeuble en demandant à voir ma mère ? Quelqu'un qui me ressemble à s'y méprendre ?

— Pas que je sache, mademoiselle Stewart.

Diane compta les minutes tout le long du parcours jusqu'à ce qu'ils arrivent. Mais, à sa grande déception, elle obtint la même réponse du réceptionniste : personne n'était venu. Étant donné que, pour l'instant, elle ne souhaitait pas que quiconque sache qu'elle avait une jumelle, elle alla même jusqu'à demander :

— Est-ce que j'ai été vue ici la semaine dernière ?

Comme tout le monde savait qu'elle était en voyage à ce moment-là, il ne prit pas la question au sérieux.

Si Marie ne s'était pas présentée, c'était sans doute qu'elle n'était pas encore informée de la mort de sa mère. C'était une bonne nouvelle. Mais Diane ne se sentait pas pour autant rassurée, car Marie aurait tout aussi bien pu l'apprendre d'une autre source.

Il n'y avait rien d'autre à faire que d'attendre. Elle fit les cent pas pendant des heures, dans l'espoir que la sonnerie de la porte d'entrée ou du téléphone se fasse entendre. Mais personne ne se présenta et personne ne téléphona non plus...

L'attente se poursuivit ainsi toute la soirée jusqu'à ce que, finalement, son corps épuisé accepte la défaite et tombe de sommeil sur le divan noir.

39

Surprise par la sonnerie, Diane se réveilla en sursaut et se précipita vers la porte d'entrée, y parvenant avant Mme Lopez. C'était le facteur. Elle prit l'enveloppe qu'il lui tendait et referma la porte. Il n'y avait ni nom ni adresse de retour, mais elle eut le sentiment que cette lettre avait quelque chose à voir avec Marie. Elle déchira fébrilement l'enveloppe.

Maman chérie,

Je suis arrivée aujourd'hui à San Francisco. On m'a dit que tu étais morte, mais je ne l'ai pas cru.

Maman, où es-tu ? Où t'en es-tu allée, au moment même où nous allions nous rencontrer ?

Tu me manques terriblement… Je te manque aussi, non ?

Alors viens me chercher. Je suis à l'adresse indiquée dans ma quatrième lettre.

Je suis certaine que tu viendras parce que je sais que tu es vivante.

Tu dois venir…

Si tu ne viens pas, je devrai en conclure que les autres m'ont dit la vérité. Je devrai accepter l'idée que je ne te verrai jamais dans ce monde.

Et, en ce cas, je ferai le nécessaire pour aller te rejoindre.

Marie

« Oh ! mon Dieu ! soupira Diane. Il n'y a pas de lettre dans la quatrième enveloppe ! »

40

Diane téléphona à Zeynep pour l'informer de la lettre de Marie. Puis elle se mit à chercher la missive manquante dans tous les recoins de la maison. Elle fouilla le vieux coffre, la chambre de sa mère et la bibliothèque, mettant sens dessus dessous toutes les cachettes possibles, mais elle ne la trouva nulle part.

Vers la fin de la journée, le téléphone sonna.

— Allô ! Diane ? fit la voix de Zeynep Hanim au bout du fil. As-tu réussi à la trouver ?

— Non. J'ai cherché partout, je vais devenir folle.

— Ne t'en fais pas. Quand Marie verra que ta mère ne répond pas à sa lettre, je suis certaine qu'elle cherchera de nouveau à entrer en contact avec elle.

— Mais tout le monde me dit qu'elle n'est jamais venue. Et je n'ai aucune idée de qui a bien pu l'informer de la mort de notre mère. J'ai tellement peur qu'elle fasse une bêtise.

— Mais non, il ne faut pas que tu le voies comme ça. À la limite, elle m'appellera si elle n'a pas de nouvelles de ta mère. Ne te fais pas de souci… Demain, je t'enverrai un colis par livraison spéciale. Ouvre-le et, si Marie vient, donne-le-lui. Elle y trouvera peut-être quelque réconfort. Mais d'ici là, continue de chercher la lettre, ma chérie.

— Peut-être bien que cette lettre n'existe pas !

— N'as-tu pas dit qu'il y avait une quatrième enveloppe ? S'il y a une enveloppe, il y a sûrement une lettre qui l'accompagne.

41

Diane chercha sans arrêt pendant deux jours, mais en vain. En dernier recours, elle se rendit même sur la tombe de sa mère pour lui demander où cette lettre pouvait bien se trouver, mais elle n'obtint évidemment aucune réponse.

De retour à la maison, elle se dirigea vers la bibliothèque. Après avoir examiné les rayons remplis de centaines d'ouvrages volumineux, elle trouva finalement *Le Petit Prince*, qu'elle avait souvent lu lorsqu'elle était enfant. Elle le prit sur l'étagère où il se trouvait, serré entre deux gros livres. Dans sa lettre d'adieu à son père, Marie mentionnait qu'elle avait relu *Le Petit Prince* après toutes ces années et qu'elle l'avait trouvé complètement différent. Avait-elle raison ?

Débarrassant la tranche de la poussière accumulée, Diane s'assit par terre et ouvrit le livre.

Deux heures plus tard, elle avait terminé sa lecture. Appuyée contre le mur, elle songea pendant un moment à quel point, en effet, le livre avait changé. Puis elle prit son journal.

Chère Marie,

Je viens tout juste de relire Le Petit Prince *après tant d'années. Tu avais raison : c'est un livre entièrement différent maintenant.*

Je crois que je commence aussi à comprendre ce que signifie « être responsable d'une rose ».

Mais cela ne veut pas dire que j'en sois encore capable. Et c'est là que toi et moi sommes différentes, Marie. Tu as réussi à être responsable de ta rose. Tu as pris conscience bien avant moi que ta rose avait disparu et tu as fait tout ce qui était en ton pouvoir pour la retrouver. Tu as pris soin de ta rose…

Tu sais ce que je pense, Marie ? J'aurais voulu que notre père m'emmène avec lui et te laisse avec maman. J'aurais souhaité que maman te consacre sa vie plutôt qu'à moi. C'est toi qui étais digne d'elle.

Je me rends compte maintenant que maman ne t'a pas confiée à moi, mais qu'elle a plutôt fait le contraire. Elle savait que j'avais besoin de toi.

Et, aujourd'hui, je le sais aussi.

Voilà pourquoi tu dois venir ici. Il faut que tu croies de nouveau que nous pouvons rencontrer maman dans ce monde. Elle est avec Dieu, et Dieu ne nous quitte jamais.

Tu te souviens, quand tu étais petite, comment tu répondais aux autres ? Quand ils t'ont dit que ta mère était morte ou qu'elle était loin ou que tu ne pourrais jamais la voir dans ce monde ? Ne croyais-tu pas qu'il devait y avoir une autre réponse ?

Alors, que s'est-il passé pour que tu changes d'avis ? Serais-tu devenue, toi aussi, une grande personne comme moi ?

Je ne perds pas espoir que tu viennes me rejoindre ici. Parce que c'est ce que me dit mon cœur : « Bien avant que tu entreprennes ta quête de Marie, elle avait déjà commencé sa quête de toi... »

Diane

42

Quelques minutes seulement après avoir refermé son journal, quelqu'un sonna à la porte. Diane se précipita pour ouvrir.

C'était Gabriel, portant dans ses bras un énorme paquet.

— Bonjour, Diane. Une livraison spéciale pour vous en provenance d'Istanbul. Je parie que vous avez fait flancher des cœurs là-bas.

— J'espère bien, répondit-elle en pensant à Zeynep Hanim.

Le colis était tellement ficelé qu'on aurait dit une momie. En outre, Gabriel lui tendit une enveloppe. Après l'avoir congédié d'un grand sourire, Diane l'ouvrit.

Chère Diane,

À l'intérieur de ce paquet, tu trouveras Socrate et, sur sa branche, la couronne de roses de Marie. Elle croyait pouvoir entendre la voix de sa mère seulement après avoir entendu en premier lieu celle de Socrate. Je souhaite que son vœu soit bientôt exaucé.

Jaune Fleur a aussi une demande à formuler...

Elle a adapté à l'intention de Marie une anecdote de Nasreddin Hodja. Elle aimerait que tu lui lises le texte qui suit quand vous serez réunies. Lorsque Marie aura écouté les vers de Socrate, il lui faudra une clé qui ne se trouve qu'à l'intérieur de cette histoire.

La clé du trésor.

Un jour, Hodja perdit la clé de son trésor. Bien qu'il l'eût cherchée dans la rue devant son logis, autour des maisons voisines et partout sur la route du village, il ne put la trouver nulle part.

Il appela donc ses voisins à la rescousse afin qu'ils l'aident à retrouver la clé. Ils la cherchèrent dans tous les recoins du village, mais en vain. C'était comme si le sol s'était ouvert et l'avait avalée. Heureusement, le destin voulut que, quelques jours plus tard, l'un de ses voisins demande à Hodja :

— Hodja, es-tu certain d'avoir perdu la clé à l'extérieur de ta maison ?

— Oh ! non ! répondit Hodja. Je l'ai perdue dans la maison, mais il est beaucoup plus facile de chercher dehors.

Jaune Fleur dit que Marie ne devrait pas chercher dehors la clé de son trésor, mais plutôt à l'intérieur...

Peut-être le tiroir à la tête de son lit serait-il un bon endroit pour commencer.

Jaune Fleur et moi te remercions de ton aide, ma chérie.

Zeynep

43

Après que Diane eut éventré l'épaisse couche de polystyrène recouvrant le paquet et l'eut débarrassé de son matériel d'emballage, il ne resta plus qu'une étoffe argentée recouvrant Socrate. Elle posa délicatement le pot sur la table. Puis, comme dévoilant une statue, elle retira lentement l'étoffe.

Socrate !

— Oh ! mon Dieu ! s'écria Diane.

Elle tomba à genoux.

— Oh ! mon Dieu !

Prostrée, elle fixait Socrate, incapable même de cligner des yeux. Socrate était un rosier sur lequel se dressaient quatre roses noires. Quatre roses noires...

« Quatre roses noires ! »

Elle se leva d'un bond et se dirigea tout droit vers le cadre en argent que sa mère lui avait donné. Caressant les quatre roses noires qui l'ornaient, une à chaque coin, elle relut les vers qui y étaient inscrits :

Ce n'est pas ce que tu crois
Tu ne m'as pas perdue

Je te parle à travers toute chose
En chaque souvenir…

À mesure que ses yeux parcouraient les mots, elle replongeait dans son passé.

Elle se souvenait de certaines des choses que Marie avait écrites dans ses lettres… De ce que Marie avait dit aux autres : « Ce n'est pas ce que vous croyez. » Et de ces mots que sa mère lui avait dits en rêve : « Tu ne m'as pas perdue. » De ce que la rose avait dit à Marie : « Ta mère te parle à travers toute chose… »

Diane se rappelait ces journées passées dans le jardin. L'image d'Artémis et de Miriam entrelacées dans le même pot se présenta devant ses yeux, l'écho de leur dialogue se prolongea à ses oreilles. Elle se rappelait ce que Zeynep Hanim lui avait conté. Tout comme les mots dans les lettres de Marie, ceux de Zeynep Hanim ressemblaient aussi à ceux de sa mère…

Diane se souvenait du moment où elle avait cru voir sa mère dans les yeux de Zeynep Hanim. C'était maintenant comme si elle plongeait de nouveau son regard dans les yeux de son hôtesse d'Istanbul. C'était comme si ces yeux bleus éclatants n'étaient pas ceux de Zeynep Hanim, mais ceux de sa mère…

Diane se rappelait les fois où elle avait demandé à sa mère la clé de son « trésor » et l'invariable réponse de sa mère disant qu'elle ne l'avait pas. Elle se rappelait les histoires que sa mère lui racontait…

L'histoire de Jaune Fleur... Et les roses jaunes que Mme Johnson avait déposées sur la tombe de sa mère.

Chaque ligne de la strophe encadrée rappelait à Diane l'une ou l'autre des lettres de Marie, et elle eut alors l'impression que chaque seconde la rapprochait de la lettre disparue.

« Non, ce n'est pas ce que tu crois », lui rappelait la première lettre de Marie, son opposition aux autres... « Tu ne m'as pas perdue », lui rappelait la seconde lettre, l'apparition en rêve de sa mère disant à Marie qu'elle ne l'avait pas perdue... Et le vers « Je te parle à travers toute chose » lui rappelait la troisième lettre, dans laquelle la rose disait à Marie que sa mère lui parlait à travers toute chose...

Donc, la quatrième lettre devait être cachée dans la dernière ligne. Diane la répéta encore et encore :

« En chaque souvenir... En chaque souvenir...

« Souvenir... Souvenir... »

« En... »

Elle se tut soudain et allongea la main vers le cadre, ce précieux souvenir de sa mère. Le décrochant du mur, elle le retourna.

Elle ne s'était pas trompée ! Dans le coin supérieur droit se trouvait une petite serrure. Posant le cadre sur la table, elle se précipita dans la chambre. Là, elle ouvrit le tiroir de sa table de nuit. Ses doigts fébriles tâtonnèrent parmi les monceaux de papier et de plumes remplissant le tiroir jusqu'au moment où, sous cet amoncellement, ils sentirent une clé minuscule.

Elle serra la clé dans sa paume. « Merci, Jaune Fleur… »

Retournant au salon, elle décrocha la couronne de roses blanches suspendue à l'une des branches de Socrate et la posa délicatement sur sa tête.

Puis elle reprit le cadre en argent. La clé était si petite qu'elle lui échappa lorsqu'elle essaya de l'introduire dans la serrure. Mais, à la seconde tentative, elle réussit à ouvrir le cadre. À l'intérieur se trouvait une plaque d'argent sur laquelle une lettre avait été gravée en caractères minuscules. Comme elle l'extirpait du cadre, son cœur se mit à battre si vite qu'elle pouvait l'entendre marteler ses tempes.

Elle tenait la plaque argentée qui brillait comme un miroir à la hauteur de sa poitrine. Deux mots étaient écrits tout en haut : « Adresse de Marie. » Juste en dessous, elle aperçut son reflet à la surface.

Comme elle replaçait sur sa tête la couronne qui avait légèrement glissé vers l'arrière, deux larmes roulèrent doucement sur ses joues. Elles se rejoignirent sous son menton où elles n'en formèrent plus qu'une… Sans l'essuyer, elle lut ces mots de sa mère :

Diane, ma chérie, ou, comme ton père avait l'habitude de t'appeler,

Marie,

Ton père murmurait constamment ce nom à ton oreille. Mais, après sa mort, je ne voulais plus t'appeler Marie jusqu'à ce que tu comprennes la part de toi que ce nom représente.

Je voulais que tu te sentes obligée de quitter la maison, de traverser un océan et de vivre dans la peur de perdre ta jumelle afin que rien ne puisse plus jamais te faire oublier ce nom.

Pardonne-moi, mon enfant, mais pour que tu partes à la recherche de Marie, j'ai été obligée de te dire des choses qui n'étaient pas tout à fait vraies. Malheureusement, mes jours étaient comptés et je ne pouvais faire autrement. Je voulais que tu entreprennes ta quête dans la roseraie aussi rapidement que possible.

Pendant cette quête, qu'on peut considérer comme une préparation aux Pluies d'octobre, je voulais que tu tues ton « moi », qui te rendait malheureuse et t'empêchait de poursuivre tes rêves.

Puisque tu tiens cette lettre dans tes mains, cela signifie que tu as bien entrepris ton voyage sur le « sentier des roses ». Tu as dû percevoir la différence entre cette roseraie et les autres jardins que tu as vus.

Si tel est vraiment le cas... Si pour toi ce jardin est différent des autres jardins, si Socrate est clairement différente de toutes les autres roses, si dans ce jardin tu t'es sentie différente de tout ce que tu avais été jusqu'alors... et si cette différence, plutôt que de te donner un sentiment de supériorité, te donne l'impression d'être en communion avec le monde, alors Zeynep et moi t'invitons à Éphèse en octobre. Puisque les Pluies d'octobre demeurent la seule façon de vraiment connaître Marie...

Qui sait, peut-être défierai-je les lois de la physique et arriverai-je à Éphèse montée sur un cheval ailé. Afin d'embrasser ma fille. Afin d'être à tes côtés sous la Pluie d'octobre...

Mais même si tu ne m'y vois pas, ma chérie, écoute bien les voix d'Éphèse... Tu comprendras bientôt que, dans cette ville, il n'y a qu'une seule voix et non deux. Celle de Marie... Ta voix...

Si un jour cette voix devait te dire : « N'accepte pas ces offres d'emploi des cabinets d'avocats, pose une page blanche devant toi et commence à écrire ton premier livre », je n'ai qu'un conseil à te donner : il faut que, dans ce livre, tu racontes la plus ancienne de toutes les histoires.

Un voyage qui commence et finit avec toi...

En vivant cette histoire, tu l'as déjà écrite : tout ce qui te reste à faire maintenant est de la mettre en pages.

Peut-être que, sur l'une de ces pages, tu voudras citer le précieux proverbe que Zeynep t'avait promis en récompense pour avoir écouté les roses. Ce proverbe est d'un saint soufi :

« Il y a un moi à l'intérieur de moi, enfoui au fond de moi. »

Je t'aime, ma chérie... et je serai toujours à tes côtés.

Ta mère

Troisième partie

44

Le 19 septembre

Maman chérie,

La possibilité de te retrouver après tant de mois me remplit d'un bonheur indescriptible. Dans exactement un mois, je serai à Éphèse. Et je serai aux côtés de ma mère, sous les Pluies d'octobre...

Au cours des quatre derniers mois, j'ai été occupée à la rédaction de mon premier roman. J'aimerais pouvoir te le lire, mais malheureusement il n'est pas encore terminé. Permets-moi quand même de t'en donner un aperçu.

C'est l'histoire d'une rose. La rose d'Éphèse. Une rose dotée, dès sa naissance, d'un parfum divin. Un parfum doué de sa propre voix. La voix du bonheur. Une voix qui parle de rêves, d'anges et de la rencontre de Dieu dans ce monde-ci.

Mais, à mesure que la rose grandit, une autre voix se fait entendre, qui se confond avec la sienne. Une voix qui dit constamment « moi ». Une voix forte. Tellement forte qu'elle couvre sa voix d'origine.

La rose doit préserver son parfum afin de continuer d'entendre sa propre voix. Or, là où elle est, les gens ne l'aiment pas pour son parfum mais pour sa couleur, sa tige et ses pétales...

Alors, dans l'espoir de gagner leur amour, elle se modèle selon leurs désirs. Les gens lui disent : « Pousse. » Alors, elle pousse et devient de plus en plus grande. Les gens lui disent : « Déploie tes pétales. » Et elle s'empresse de les satisfaire. Et, bientôt, sous l'effet de sa négligence, son parfum s'épuise.

Après l'avoir ainsi façonnée, on la couvre d'éloges comme si elle était une déesse et, bientôt, elle commence à penser qu'elle en est une. Elle ne se rend pas compte que tout ce dont elle a besoin pour se sentir unique, c'est de se rappeler qu'elle est une rose. Rien d'extraordinaire. Seulement une rose...

Chaque jour qui se lève, elle se retrouve toujours plus malheureuse. Son seul motif de bonheur demeure sa mère. Mais, au moment où elle commence à la découvrir, au moment où elle a le plus besoin d'elle, elle la perd pour toujours. Ou du moins est-ce ce qu'elle croit...

En réalité, maman, il ne s'agit pas vraiment d'une histoire de rose. C'est plutôt une histoire de mère. Une mère qui a prouvé que les roses ne meurent jamais, qu'elles continuent d'exhaler leur parfum longtemps après s'être fanées... C'est l'histoire d'une mère qui a secoué le pot de la rose afin qu'elle se souvienne...

Cela est-il possible ? Se souviendra-t-elle de ce qu'elle a oublié ? Pourra-t-elle oublier ce qu'on lui a enseigné ? Retrouvera-t-elle son parfum ? Et, surtout, réussira-t-elle à entendre sa voix d'origine ?

Je l'espère de tout mon cœur…

Voilà, maman. C'est plus ou moins l'histoire de mon roman. Toutefois, je ne suis pas certaine de l'avoir bien racontée. J'ai l'impression que c'est plus une histoire à vivre qu'à écrire. Je n'ai même pas été capable de décrire à Zeynep Hanim le goût de la tequila, alors comment pourrais-je rendre toute la magie de la roseraie ?

Mais peu importe que j'échoue… L'important, c'est que cette histoire compte à mes yeux. Parce qu'il y est question de toi. Je suis heureuse de l'avoir racontée… En vérité, non, ce n'est pas moi qui l'ai racontée ; c'est toi, et à un moment de ma vie où je croyais que jamais plus tu ne me raconterais d'histoire.

Merci, maman…

Je respire ton parfum dans l'air qui m'entoure. Et, chaque fois, son odeur est différente.

Un parfum de rose. En toute chose…

Diane

45

Comme j'achève mon roman, j'entrevois par la fenêtre des ballons bleus qui flottent dans l'air par grappes de cinq ou six. D'où peuvent-ils bien venir ?

J'ouvre la fenêtre. Il y a de l'animation dans le parc. Difficilement, j'arrive à lire les mots inscrits sur une grande bannière au loin.

« Les mers changeantes de Californie »
Exposition de peinture en plein air
Du 24 au 27 septembre

Après avoir terminé ce chapitre, je quitte l'appartement pour me rendre au vernissage.

46

Arrivée à l'exposition, j'aperçois une vingtaine de tableaux disposés les uns à côté des autres. Je cherche Mathias des yeux, mais ne le trouve pas. J'examine les toiles, cherchant celle qu'il était en train de peindre lorsque nous nous sommes rencontrés. À ce moment précis, je remarque le clochard qui me fait signe.

— C'est votre jour de chance, petite dame. Regardez qui est là !

— Et nous ne savons même pas pourquoi il y est, répondis-je en souriant.

— Qui vivra verra.

— J'ai parlé à Mme Johnson hier. Elle vous salue. Mais elle se demande encore pourquoi vous avez refusé son cadeau.

— Et pourquoi je l'aurais accepté ? Je suis un homme d'honneur et j'ai du respect pour mon travail. Quand je ne prédis pas l'avenir, je n'accepte ni cadeau ni argent.

— Bon, peut-être ne m'avez-vous pas vraiment prédit l'avenir, mais vous m'avez quand même incitée à lire ces lettres. Ne pourriez-vous accepter son présent en retour de l'aide que vous lui avez apportée, ainsi qu'à ma mère, comme témoignage d'un service rendu, pour votre gentillesse ?

— Un cadeau en retour d'un service ? Ça ressemble pas mal à du commerce, ça, ma petite dame ! Et puis la gentillesse...

Il s'arrête, montrant du doigt les autres clochards.

— Vous voyez tous ces mendiants, là-bas. Avant, on était les clochards les plus veinards de la ville, avec le ventre plein du matin au soir. On ouvrait les yeux et qu'est-ce qu'on avait devant nous ? De la vaisselle en argent, ma petite dame. Tous les matins que le bon Dieu faisait, un petit gars nous apportait des plats délicieux, puis il repartait. Et tout ça était gratos. On se demandait tous d'où ça venait, mais ce petit gars-là, il était bien trop coincé pour nous le dire. Et au jour d'aujourd'hui, les autres, ils ne savent toujours pas qui c'était, cette personne généreuse qui nous nourrissait tous les jours. Mais moi, je le sais, parce que ça va bientôt faire six mois que ça s'est arrêté. Vous, ma petite dame, vous devez bien savoir qui nous régalait comme des princes...

— Je ne sais pas. Une organisation charitable, peut-être ?

Il sourit.

— Vous voyez, ma petite dame, la gentillesse, c'est quand votre propre fille n'est même pas au courant de vos bonnes actions.

Je ne sais que dire. Mais, plus que jamais, je me sens fière d'être la fille de ma mère.

— Je suis désolée, je ne savais pas. Je vais informer les cuisines de l'hôtel aussitôt que je serai rentrée. Je vais faire le nécessaire pour que...

— Pas besoin. Je voulais juste vous expliquer pourquoi j'ai refusé le cadeau de cette gentille Mme Johnson. Faut pas vous casser votre jolie tête avec ça. Maintenant, allez voir les tableaux.

— Merci, dis-je en lui tapotant le dos.

Après l'avoir quitté, je me dirige vers le groupe en face de moi. Les gens examinent la toile que Mathias avait peinte ici. En l'étudiant soigneusement, je pense qu'il n'est pas revenu pour moi. Il m'avait dit qu'il tiendrait son exposition là où il aurait peint son meilleur tableau et, en effet, celui-ci est vraiment le plus impressionnant de tous. La violence des vagues s'est accrue et il n'y a toujours qu'une seule mouette dans le coin supérieur de la toile. Est-ce que cet oiseau n'en a pas marre de toujours voler en solo ?

Soudain, j'aperçois Mathias au milieu d'un groupe ; il me tourne le dos. Un homme, une liste de prix à la main, se tient à ses côtés. M'approchant d'eux, je l'entends dire à Mathias :

— C'est vraiment ce tableau que nous préférons, en particulier mon épouse. Mais si vous pouviez baisser un peu votre prix...

— C'est aussi mon préféré, répond Mathias. Je serais très heureux de consentir une réduction...

Il se tait dès qu'il se rend compte de ma présence. Il me dévisage en silence, sans même dire bonjour. Ses yeux sont fixés sur mon front, comme s'il venait tout juste de découvrir la chose la plus étrange qu'il ait jamais vue.

Quinze ou vingt secondes s'écoulent avant qu'il se tourne de nouveau vers son client.

— Mais, malheureusement, je ne peux pas vendre une toile qui n'est pas encore terminée.

— Si elle n'est pas terminée, alors pourquoi l'avez-vous mise sur la liste ?

— Je suis désolé, monsieur, mais je viens tout juste de m'en apercevoir. J'ai peint la mer exactement à cette heure-ci de la journée en regardant cet endroit précis, dit-il en pointant le large. Ne remarquez-vous pas que la surface de l'océan est plus lumineuse ? Je ne sais pas pourquoi, mais je n'avais pas remarqué à quel point elle scintille.

Les yeux de Mathias demeurent fixés sur moi pendant qu'il s'excuse auprès de cet homme qui semble contrarié. Marmonnant quelque chose à l'oreille de sa femme, il la prend par le bras et s'éloigne.

Mathias se tourne vers moi.

— Je ne sais pas quoi dire, Diane, je suis vraiment…

— Ne dis rien.

— Je ne te demande pas comment ça va, tu es vraiment rayonnante. Mais je ne peux m'empêcher de me demander ce qui s'est passé depuis…

— C’est une longue histoire, dis-je. En fait, il y aurait tout un roman à écrire là-dessus.

— J’aimerais bien le lire.

47

Après une brève promenade au cours de laquelle je ne réponds à aucune de ses questions, nous arrivons chez moi.

— Je t'en prie, assieds-toi où tu veux. Mais promets-moi de ne pas te lever avant que j'aie terminé. J'ai quelque chose à écrire. J'en ai pour un moment.

— D'accord, c'est promis.

Il s'assoit dans le fauteuil près de la fenêtre et pose sur ses genoux la toile inachevée.

J'appuie sur la touche pour imprimer les premières pages de mon roman. Alors que je poursuis la rédaction, il retouche sa toile.

Juste au moment où je termine l'épisode de notre retour de l'exposition, Mathias pose son pinceau et commence à me regarder. L'expression sur son visage est celle d'un enfant heureux. Je me demande si je ne devrais pas l'inviter à Éphèse…

Mais comment faire ? Surtout que je ne sais même pas ce que nous allons y faire. Zeynep Hanim s'est révélée aussi intraitable que ma mère quand il s'agit de garder un secret. Ma seule certitude est que je m'en vais là-bas afin de mieux connaître Marie. Comment expliquer cela à Mathias ?

Est-ce que le peu que je sais sur cette ville est susceptible de l'intéresser ? Qu'y a-t-il pour Mathias à Éphèse ? Les ruines d'une ville antique... Le temple d'Artémis... La maison de la Vierge... Est-ce suffisant pour l'attirer là-bas ?

Il est vrai que j'y serai aussi...

« Je constate que tu as encore le nez en l'air, s'exclame Marie, interrompant mes pensées. Ça arrive souvent, ces jours-ci. Chaque fois que l'Artémis en moi redresse la tête, j'entends Miriam qui se pointe. Parfois, la voix de Diane est la plus forte, parfois, c'est Marie... J'ai l'impression qu'il faudra encore du temps avant qu'elles forment la même rose. Mais je suis heureuse au moins de pouvoir à présent distinguer leurs voix. »

Est-ce que Mathias viendra à Éphèse ?

Et s'il venait...

Peut-être un soir d'octobre serons-nous assis ensemble au bord du Mélès, à regarder le soleil se coucher derrière le mont Bülbül. Peut-être lui parlerai-je de ce qui s'est passé à Éphèse il y a deux mille ans. Souvenirs de mes lectures. Ou peut-être après avoir senti moi-même Éphèse se relever de ses ruines.

Peut-être lui parlerai-je aussi de la condition humaine. « Nous sommes tous comme l'antique cité d'Éphèse, lui dirai-je, qui héberge à la fois Artémis et la Vierge Marie. »

Et, pour accroître sa confusion, je lui parlerai aussi d'Apollon, le frère jumeau d'Artémis. Alors j'ajouterai encore à sa perplexité en lui disant : « Qu'importe Apollon. Toi aussi, tu es à la recherche de ton jumeau. »

Si, par une nuit d'octobre, tout se passe comme je l'imagine, il se peut que moi-même je constate la justesse de ces mots :

« Les rêves sont le levain de la réalité. »

48

Juste au moment où j'entreprends la rédaction du dernier chapitre, j'aperçois Mathias tenant sa toile devant moi.

Il y a mis une dernière touche : une troisième aile qui se distingue entre celles de la mouette solitaire et révèle la présence d'un deuxième oiseau.

Je ne puis détacher mes yeux de la toile, mais je continue d'écrire. Encore quelques phrases puis… je sortirai les pages de l'imprimante et les tendrai à Mathias.

Je fixerai ses yeux un moment, pensant aux bouteilles jumelles du premier chapitre… Je penserai au début et à la fin… aux deux vagues dans le petit conte de Mathias… à Artémis et à Miriam… aux deux mouettes de la toile… à Marie et moi… et, surtout, je penserai à maman et moi.

Mon cœur m'inspirera. Et pour que Mathias sache exactement ce que mon cœur exprime, je lui lirai les premiers mots de mon roman :

« Deux font une. »

Épilogue

Éphèse ! Ville de dualité. Site du temple d'Artémis et de la maison sacrée de la Vierge Marie. Éphèse ! Qui incarne à la fois le corps et l'âme. La quintessence de la vanité et de l'humilité. Le symbole de l'esclavage et de la liberté. Éphèse ! La ville, aussi humaine que toute âme qui vive, où les contraires se joignent.

Un soir d'octobre, ils étaient assis au bord du Mélès, non loin de la vieille ville. Le soleil commençait à se retirer derrière le mont Bülbül, empourpré par ses rayons. Ceux qui comprennent le langage du ciel leur avaient communiqué l'heureuse nouvelle d'une pluie prochaine.

— Saint Paul prêche à la foule, dit la jeune femme. Il parle de la Vierge Marie. Tu les entends hurler, protester et le maudire dans leur colère ? Ils sont des milliers à se rebeller contre la nouvelle religion qui leur interdit de vénérer leur déesse. Écoute-les qui trépignent et qui crient : « Nous n'avons rien à faire de Marie ! Artémis est notre déesse ! »

— Artémis ? demanda le jeune homme. La déesse ? La Diane des Romains ?

— Je ne te parle pas de celle-là. Elle n'est qu'un mirage, façonnée et adorée par des étrangers.

— Tu sembles bien la connaître.

— Je la connais comme moi-même.

— Alors, ne peux-tu m'en dire plus à son sujet ?

— Elle est la déesse de la Chasse, commença-t-elle. Une véritable chasseresse dont les flèches procurent à ses ennemis une mort douce et rapide. Libre d'esprit mais asservie, soumise mais fière. C'est appuyée à un olivier que sa mère Léto lui donna naissance ainsi qu'à...

Après une profonde inspiration, elle ajouta :

— Ainsi qu'à son jumeau...

Touchant la main de Mathias, elle ajouta :

— Je te parlerai plus tard de son jumeau Apollon. Je te parlerai de son temple et de ces paroles, *Gnoti Seavton*, sculptées sur sa façade. Je te parlerai de Socrate, le grand philosophe, qui ne put détacher ses yeux de ces deux mots lorsqu'il passa un jour devant le temple d'Apollon. *Gnoti Seavton*, l'expression qui traduit la raison pour laquelle l'univers fut créé. Mais, d'abord, j'aimerais te parler de la rose jumelle d'Artémis, dont jamais Artémis ni Homère n'ont connu l'existence. Selon la légende, Artémis apprend un jour de sa mère qu'elle a une jumelle dont la nature est entièrement différente de la sienne. Elle part alors à sa recherche, traverse un océan et pénètre dans une roseraie où on lui propose une mort douce et rapide. On lui dit que, pour trouver sa jumelle, elle doit écouter la voix des roses. Après quelque temps dans le jardin, Artémis revient dans ses foyers et trouve une clé qui doit la mener à sa jumelle. Elle ne se contient plus de joie, mais celle-ci n'est pas sans nuages. Elle ne peut s'empêcher de se demander : « L'art d'écouter les roses n'était-il qu'un mythe ? » Alors, elle se rappelle les paroles de la jardinière lors de son premier jour dans la roseraie et son cœur y trouve un réconfort. « Une empreinte dans ton cœur qui, le moment venu, se révélera à toi. »

Contemplant à l'horizon les nuages chargés de pluie, Diane ajouta :

— Peut-être ce moment est-il arrivé, John. Regarde, les Pluies d'octobre qui s'approchent...

Remerciements

J'aimerais exprimer ma gratitude à ma famille et à tous ceux qui ont participé, de près ou de loin, au long processus de gestation de *La Rose retrouvée*.

Des remerciements particuliers vont à mon éditeur ainsi qu'à mon agent Danny Baror, pour m'avoir permis de partager *La Rose retrouvée* avec les lecteurs du monde entier. Je voudrais également remercier tous ces lecteurs qui, en dernière analyse, sont ceux qui donnent à un roman sa signification ultime. L'intrigue n'existe pas dans les pages d'un livre, mais au fond de leur cœur. C'est pourquoi je les invite sans réserve à partager avec moi leur rose retrouvée.

Merci enfin à mon épouse Ursula, sans qui je n'aurais jamais pu retrouver ma propre rose.

SERDAR ÖZKAN, Istanbul 2006
Serdarozkan99@hotmail.com

Composition et mise en pages :
FACOMPO LISIEUX

Impression réalisée par
CPI Brodard et Taupin
à La Flèche (Sarthe)
en janvier 2009
pour le compte des Presses du Châtelet

Imprimé en France
N° d'édition : 371 – N° d'impression : 51283
Dépôt légal : mars 2009